IL SUFFIT
DE TRAVERSER LA RUE

ÉRIC FAYE

IL SUFFIT DE TRAVERSER LA RUE

Petite saga des années 2010

roman

ÉDITIONS DU SEUIL
57, rue Gaston-Tessier, Paris XIXe

En exergue : Fabian Scheidler, *La Fin de la mégamachine. Sur les traces d'une civilisation en voie d'effondrement*, © Seuil, 2020 (traduit de l'allemand par Aurélien Berlan).
Giuseppe Tomasi di Lampedusa, *Le Guépard*, © Seuil, 2007 (traduit de l'italien par Jean-Paul Manganaro).

ISBN 978-2-02-147278-3

www.seuil.com

L'histoire culturelle de la modernité n'est pas, comme on ne cesse de le prétendre, celle de l'émancipation de l'humain, mais plutôt l'histoire de sa mise à l'écart, de son *éclipse*.

FABIAN SCHEIDLER

Nous fûmes les Guépards, les Lions ; ceux qui nous remplaceront seront les petits chacals, les hyènes ; et tous ensemble, Guépards, chacals et moutons, nous continuerons à nous considérer comme le sel de la terre.

GIUSEPPE TOMASI DI LAMPEDUSA

PREMIÈRE PARTIE

I

Souvent, dans les romans ou dans les films sur le monde du travail, des salariés à bout séquestrent leur patron dans son bureau. Ils alertent les médias. Ils badigeonnent les murs de slogans rouges ou noirs pour que les téléspectateurs se repaissent d'images fortes le soir, au journal télévisé. Ou bien, autre ressort dramatique, il arrive qu'un employé un peu plus à bout que les autres se défenestre sur son lieu de travail. La tension est à son comble. Manifestations, grands serments d'unité s'ensuivent. Soudés, les faibles l'emportent. Larme à l'œil chez les lecteurs ou téléspectateurs car, depuis toujours, on aime voir David venir à bout de ce salaud de Goliath.

Chez MondoNews, dans le monde réel, personne ne s'est jamais jeté dans le vide : climatisation oblige, les fenêtres sont constamment verrouillées. Et puis, persiflent les plus acerbes, le vide, c'est MondoNews, impossible de s'y jeter puisque nous en faisons déjà partie. Nous baignons dedans. Quant au grand patron, il serait difficile de le prendre en otage. Existe-t-il seulement, n'est-il pas plutôt une création numérique ou un hologramme ? De lui, nous ne voyons que les messages d'autosatisfaction qu'il nous envoie de son Olympe, de temps à autre, répétant que la stratégie suivie est la seule possible et nous invitant à persévérer sur la voie tracée. Pour le séquestrer, il faudrait effectuer un long voyage, s'introduire à l'intérieur d'un gratte-ciel de Seattle en déjouant la sécurité puis se hisser au sommet, dans le séjour des dieux de la presse, au cœur du Siège mondial de MondoNews. Le trouverions-nous, ou tomberions-nous sur un bureau désert ?

Mon imagination est souvent prise en défaut, et pourtant je ne crois pas me tromper de beaucoup en disant que voici un an, avant que tout ne s'enclenche dans nos bureaux parisiens, une conversation comme celle qui suit a nécessairement eu lieu dans le gratte-ciel dont je viens de parler. J'entends une voix sûre d'elle, paternaliste. C'est un lundi matin sur la côte Ouest – soit la fin de l'après-midi à Paris, où, pour quelque temps encore, nous travaillons sans nous douter de rien. L'un des druides de MondoNews s'adresse à un druide adjoint :

« As-tu passé un bon week-end, Greg ?... Vous avez pu partir, Alyssa et toi... pour faire un peu le point, comme tu me disais vendredi ?

– On est sur la voie... »

(Sourire en coin.)

« Et alors ? Réconciliés comme au bon vieux temps ?

– On peut voir les choses comme ça. Mais avec qui ou quoi se réconcilie-t-elle, je me le demande… Avec moi ou avec mon salaire ?

– Ça… tu n'auras la réponse que lorsque tu auras perdu tes derniers dollars !

– Sans doute… Mais comme je ne serai jamais pauvre, je suis condamné à ne jamais connaître la réponse ! »

(Rires désabusés dans le bureau.)

« Nous en sommes tous là… De mon côté, je n'ai pas bougé. Maddie a rendu visite à sa sœur, hier, et j'en ai profité pour avancer un peu les dossiers. J'aimerais que nous prenions le temps, cette semaine, de nous pencher sur le projet de *hub* européen. J'ai lu et relu ta synthèse et, dans l'ensemble, chapeau : ça tient la route. En l'état actuel des choses, cependant, il y a encore une chose qui me chiffonne. Sur le transfert des tâches et des services de l'Europe de l'Ouest vers Constanța, tout est bien détaillé pour ce qui est des coûts et des équipes… Comme pour les transferts au Bengale il y a cinq ans, ça va nous redonner des perspectives… Mais il faut que nous réfléchissions davantage au délai. Tu as planché sur une hypothèse de trois ans…

– Nous sommes partis sur cette base, non ? Tu trouves ça rapide ? Si tu préfères une modélisation sur quatre ou cinq ans, on peut voir comment…

– Ce n'est pas ce que je veux dire. Tu as vu les résultats trimestriels vendredi ? La troisième fois d'affilée qu'ils sont en baisse. Et dans trois mois, on le sait déjà, la tendance sera la même. Ce que je veux dire, c'est que la perspective de trois ans sur laquelle tu as planché, c'est trop lent. Il faut appuyer sur le champignon, on n'a plus le choix. Les actionnaires ne vont pas accepter qu'on les fasse lanterner, avec des courbes qui piquent une tête sous l'eau. La presse ne rapporte plus un rond, *sauf* si on externalise et délocalise à fond. On a déjà fait des économies sur tout ; c'est donc notre dernière solution... Chandannagar nous a permis de gagner quelques années, mais on a vu les limites avec le Bengale : éloignement des réalités occidentales, difficulté de coordination... Ce "Chandannagar européen", il nous le faut rapidement. Les transferts en Roumanie, c'est ce qu'on peut faire de mieux en Europe, mais il faut foncer, Greg.

– Je veux bien, mais un chambardement comme ça ne se décrète pas du jour au lendemain. Il faut le temps de les former, là-bas.

– On les forme, tout simplement ! C'est ce qu'il faut organiser au plus vite. C'est là qu'on doit accélérer. On en reparle demain, non, veux-tu ? Qu'on envoie des types de Rome ou de Paris les former, ce n'est pas sorcier. Le *hub* roumain doit être opérationnel le plus vite possible. Au stade où nous en sommes, il s'agit de colmater une brèche dans la coque du navire : ça n'attend pas.

– C'est-à-dire ?

– C'est-à-dire que, d'ici un an, il faut avoir taillé fortement dans les effectifs de ces bureaux qui nous coûtent les yeux de la tête – Londres, Madrid, Paris ou Berlin – et permis à la Roumanie de monter en puissance. Simple phénomène des vases communicants. Certains services sont déjà installés là-bas, non ? Le reste doit suivre. Et autre chose : il faut automatiser. Refaire et accentuer ce qu'on a développé à Chandannagar. L'idéal serait que les communiqués de toutes les entreprises européennes soient traités un jour par des robots. Avec ce traitement automatique et l'injection directe des dépêches sur les fils, nous avons réussi à supprimer une cinquantaine d'emplois en Asie.

– Presque soixante, oui. Ford n'aurait jamais imaginé qu'on appliquerait un jour ses méthodes au domaine de l'information. »

(Rires.)

II

Plus j'y réfléchis, plus je me dis qu'ils ont dû parler de nous en ces termes, à peu de chose près, là-bas, dans leur gratte-ciel. Mais j'évoque MondoNews, Seattle, Chandannagar et Constanța, et je n'ai toujours rien dit de ce « je » qui s'adresse à vous. Faisons-le donc... Que personne ne cherche à me donner un visage. Non que je veuille me soustraire à quoi que ce soit ou que je n'existe pas, au contraire ; mais en m'assignant une identité, vous en découvririez une foule. À ma façon je suis la foule. Cela peut paraître emphatique, dit comme ça, mais il y a du vrai. Je suis une part de la foule, cette part qui, dans ces années 2010, forme sans doute la première génération à avoir autant peur en temps de paix. Non pas peur que la guerre éclate, ce n'est pas ça... Peur de la paix. La paix comme offensive *soft* pour chasser l'humain du monde qu'il a engendré. Oh ! il n'y a pas à dire : c'est une guerre propre, et lente, méthodique. Et sans merci. L'homme civilisé est apparu au début de l'holocène ; il organise sa disparition aujourd'hui, en plein anthropocène, et n'aura besoin ni de l'arme atomique ni du dérèglement climatique pour parvenir à ses fins.

Quand je dis que je suis la foule, c'est bien sûr une image, car dans le même temps je suis moi-même et j'ai une identité... Je m'appelle Babel, comme la tour. Aurélien Babel. J'ai cinquante-sept ans, selon les Européens, et pour ainsi dire cinquante-huit selon les Chinois, ou les Japonais, je ne sais plus, qui englobent dans votre cursus les neuf mois de stage dans la caverne maternelle. Je dois aussi faire un aveu, en forme d'euphémisme : je ne suis pas un surdoué de la vie. Je bricole, en somme. Je vis au petit bonheur la chance ; à tâtons. On s'y fait... Suis-je une erreur de casting, ou quelque chose comme ça ? Certains jours, je me vois comme l'être le moins adapté à la vie sur cette planète. Hypersensible, froussard et poète. Je vous laisse juge... J'ai tout de même réussi à empocher une maîtrise de lettres et un diplôme de journalisme, à épouser Adèle, à avoir deux fils, à exercer un métier avec un sentiment d'imposture remarquable et à publier des plaquettes de poésie qui m'ont valu un succès d'estime au sein d'une espèce de mammifères en voie d'extinction : les poètes.

Ce que je vais ajouter maintenant paraîtra sans doute anodin, mais je ne prête pas suffisamment attention aux petits riens qui, dans la vie de tous les jours, annoncent les grandes ruptures. Si nous savions réellement observer, nous décèlerions ce qui est en devenir. Nous deviendrions des *voyants*. Probablement devrions-nous être davantage réceptifs aux signes avant-coureurs qui ne paient pas de mine. Mais cela impliquerait que nous nous fiions à notre intuition, que nous considérions attentivement les petits riens ; or on ne prend pas le temps d'écouter son intuition ni de repérer les signaux les plus faibles, ce qui est regrettable. Peut-être aurions-nous pu contrecarrer à temps l'opération qui nous a visés, chez MondoNews, si nous avions capté ces signaux-là ; éviter que trente d'entre nous, c'est-à-dire la moitié du personnel francophone, se retrouvent à la rue, et empêcher aussi que ce qui faisait l'identité d'une rédaction soit effacé d'un coup de gomme.

*

Ces trente, dont j'étais, sont partis en ordre dispersé car chacun a pu, dans un créneau de deux mois, décider du jour où il souhaitait quitter MondoNews, l'entreprise de presse mondiale MondoNews, Mondo comme nous l'appelions entre nous, qui informait la planète depuis un bon siècle. C'était un peu le phare de la démocratie, le phare de tous ceux qui, dans l'existence, étaient tentés par le grand large : capitaines d'industrie, promoteurs d'utopies et autres sous-espèces d'aventuriers.

J'avais choisi de quitter MondoNews un vendredi de juillet et mon dernier jour a eu un petit air de fin du monde : une canicule d'une intensité exceptionnelle assommait l'Europe. À mon arrivée chez MondoNews en 1989, j'avais eu à traiter de désarmement, de perestroïka et de détente Est-Ouest, de réunification allemande ; cette époque avait le sourire. Signe des temps, le tout dernier sujet dont on m'a chargé en ce jour de départ concernait la sécheresse, les températures d'étuve qui livraient les forêts à la vermine. Depuis une semaine, briques et bitume des villes étaient portés à incandescence. Les prairies entamaient une carrière de tatamis. Quant aux vaches, lorsque la baisse du mercure leur permettait de dormir, elles faisaient des rêves de lacs d'eau pure dans lesquels elles entraient jusqu'au mufle, buvant, buvant à se noyer de l'intérieur… Ce jour-là, Carpentras a enregistré quarante-quatre degrés cinq. Pour la première fois depuis des siècles, le Gard et l'Hérault ont dépassé le seuil des quarante-cinq degrés. Je me suis rendu au bureau par quarante-deux degrés six en maudissant cette capitale qui, de nuit, gardait sur elle une couverture chauffante. Reconverti en couveuse, Paris était un vestibule de l'enfer. Ceux qui n'avaient pas fui étaient cuits à la vapeur.

Comme on clôt un film, je me suis arrangé pour conclure mon tout dernier article par le mot FIN, en capitales. Il intriguerait sans doute les abonnés mais s'imposait par un jour pareil, après trente ans de boîte.

Et puis, c'était une tradition que je tenais à respecter, car j'étais plutôt bien luné. À vrai dire, j'étais doucement euphorique – c'était bien la seule et unique fois que je l'aurais été dans ces bureaux.

J'avais été engagé trente ans plus tôt, donc, chez Mondo, dont la *lingua franca* entre bureaux des cinq continents était l'anglais – un anglais en mode « cuisine du monde » qui n'avait pas grand-chose à voir avec les raffinements du théâtre élisabéthain. Les locaux parisiens occupaient trois étages d'un élégant immeuble Belle Époque sis rue Montmartre, dans l'ancien quartier de la presse. À deux pas du Café du Croissant, où le fondateur du quotidien *L'Humanité* avait été assassiné au cours d'un autre mois de juillet et où j'aimais déjeuner de temps à autre avec les yeux d'Élise ou l'humour de Franck. Quelques numéros plus loin, en direction des Halles, s'élevait au numéro 142 l'immeuble où *L'Aurore*, qui avait publié « J'Accuse… ! », avait eu un temps ses bureaux.

Des bureaux, MondoNews en avait en veux-tu en voilà dans la plupart des capitales. Chacun s'appuyait sur un réseau de correspondants et de photographes, de façon qu'aucun événement de taille n'échappe à cette toile tissée par plusieurs générations de journalistes. Alimentée par un flux continuel d'informations et de statistiques, la noria de MondoNews tournait glorieusement vingt-quatre heures sur vingt-quatre, trois cent soixante-cinq jours par an, en temps de paix comme en temps de guerre, depuis 1910. Personne, lorsque j'avais commencé ma carrière, n'aurait imaginé que MondoNews pourrait changer de cap un jour. La vénérable entreprise aurait pu faire sienne la devise du royaume des Pays-Bas, « Je maintiendrai », tant elle passait pour immuable, pareille à l'horloge de Big Ben.

Là-dessus, l'entreprise mondiale, qui avait toujours été jalouse de son indépendance, s'était introduite en Bourse au crépuscule du XXe siècle pour glaner davantage de capitaux sur les marchés, mais elle avait alors posé un pied dans la tombe. La vieille dame qu'était devenue MondoNews voulait jouer dans la cour des jeunes, que la tradition ne freinait pas, or elle n'était pas armée pour leur faire face.

*

Partir, donc, au bout de trente ans, comme si de rien n'était. J'ai pressé les touches pour me déconnecter et remis à Thomas, notre informaticien, mon ordinateur portable et mon badge. C'en était fini des identifiants, des mots de passe à renouveler tous les deux mois, fini des CAPTCHA ; je n'aurais plus besoin de cocher la case « Je ne suis pas un robot ». Fini, l'angoisse de ne pas parvenir à me connecter au retour des vacances et de devoir appeler le 88-88 pour y remédier. Privé de badge d'identification, aucun risque que je retourne jamais dans cet immeuble haussmannien : les congés qui débutaient pour moi ce soir-là étaient sans retour. La vie, à perte de vue... Il y aurait bien un terme à tout ça, certes, mais pas pour reprendre le travail, à moins que Pol Pot et Staline ne se soient emparés du pouvoir dans l'au-delà pour transformer le séjour des morts en goulag à neuf cercles. L'euphorie qui m'irriguait ce jour-là était douce et, pour tout dire, moins sauvage et bien moins éruptive que je ne l'avais imaginée. Ne me faites pas dire ce que je ne pense pas : j'éprouvais bel et bien de l'euphorie, mais elle était sage, comme songeuse, et je me demandais d'où me venait cette forme inattendue de tempérance. Je me retrouvais tout à coup face au grand large – ce grand large dont les négociations sur le plan de départs volontaires m'avaient laissé percevoir la rumeur, longtemps occulté par les contrariétés, les petits coups de théâtre et les obstacles à surmonter, les formalités les plus obscures.

Épuisé par le parcours labyrinthique des derniers mois, je n'avais pas souhaité organiser de pot de départ, et, de toute façon, deux collègues sur trois étaient en congés. « Ni fleurs ni couronnes », avais-je répété en souriant quand on m'avait posé la question. Sans tambour ni trompette. Et voilà que, ayant fait le tour de l'*open space* et salué les collègues présents, j'y étais enfin, face au grand large. Bien sûr, j'avais rempli toutes les conditions pour avoir le droit de m'évader et gagner la zone libre de la vie, retourner à l'état sauvage. Et pourtant, en mettant le pied hors du bâtiment, j'emportais la colère sourde qui m'avait habité ces derniers mois ; un besoin inassouvi de *les* mettre en échec, de *leur* faire manger leur chapeau et rendre gorge. Aussi l'euphorie qui aurait dû me hisser sur un petit nuage était-elle zébrée de pensées contradictoires. Je n'avais trempé dans aucun crime, je partais avec un beau magot et le hold-up était parfaitement légal, et pourtant je n'osais plus regarder mes mains, depuis quelque temps. Les mains qui avaient signé les papiers, fini par accepter cet état des choses, cet état du monde. À moins que signer des papiers n'ait été une manière de crime en douceur, en col blanc, je ne sais le dire autrement. Par mon acceptation. C'en était bel et bien fini de la stratégie du ver dans le fruit, tiens… Ah ! changer le système de l'intérieur ! Ce soir-là, le ver quittait le fruit avec des sentiments mêlés : colère et regrets côtoyant l'euphorie, soulagement de s'extraire du fruit avant que, définitivement pourri, il ne se détache de l'arbre et ne s'écrase au sol, entraînant dans la mort ceux des vers qui n'auraient pas fui à temps.

Damien Falgade m'a accompagné dans la rue et permis de sortir grâce à son badge. Il avait encore un mois à tirer dans la boîte, ayant voulu attendre le jour limite autorisé.

« *Ça* s'est fait finalement plus vite qu'on ne pensait, je trouve, non ? Allez, bon vent à toi, je prendrai la clef des champs dans un mois à mon tour. Pars en éclaireur et tu me diras si la liberté vaut le coup ! »

J'étais le tout premier à déguerpir dans le cadre de leur plan de départs « volontaires ». Falgade avait trouvé un tout petit mot, « ça », pour évoquer l'opération qui s'était conclue par l'ablation de trente salariés. La rédaction parisienne avait passé huit longs mois sur le billard, c'était de la chirurgie lourde, mais dans un sens Damien n'avait pas tort : le tout aurait pu durer bien plus longtemps.

« Je te dirai si la liberté vaut le coup », ai-je répondu à contretemps. Puis j'ai ajouté, pour terminer en souriant : « Et je vais aller en face, tiens. Puisque, comme dit l'Autre, "il suffit de traverser la rue pour trouver du boulot". »

*

Un démantèlement n'intervient jamais de la façon dont on l'avait imaginé : cela en fait tout le charme. Chacun de nous tentait depuis des années de deviner comment il se passerait et je me demande si l'un, dans son esprit, avait vu juste. Peut-être, un jour, pourra-t-on connecter notre cerveau à une imprimante et découvrir sur papier les images engendrées par nos cauchemars ou nos lubies. Ce jour-là, nous pourrons juger sur pièces ; déterminer qui s'était formé la représentation la plus exacte de l'effondrement à venir.

Bien sûr, les dirigeants de Mondo n'avaient pas été avares de signes avant-coureurs, mais force est de constater que nous n'avions pas de grands talents pour déchiffrer les présages. Avec le recul, *maintenant que l'on sait*, il n'est pas difficile de repérer les indices qui avaient été semés ici et là dans notre quotidien d'employés, mais qui, sur le moment, n'avaient sauté aux yeux de personne.

Quand bien même aurions-nous discerné quelque signe avant-coureur, l'eau n'en continuait pas moins de couler sous les ponts ; chacun avait cherché à se rassurer par ses propres moyens en se disant que la situation présente tiendrait bien encore quelque temps, puisqu'elle avait tenu jusque-là. Le soleil ne se levait-il pas chaque matin, sagement, à l'heure prévue par le calendrier des Postes ? La tour Eiffel ne se dressait-elle pas toujours sur ses quatre pattes ? Faisons le gros dos et les nuées sombres finiront par s'en aller, nous disions-nous. Après tout, nous avions vu nombre de projets s'évaporer d'eux-mêmes, alors pourquoi pas aussi la fracassante réorganisation que nous attendions comme les habitants de Tokyo leur super séisme, le « *Big One* » ?

Et puis les signes précurseurs, tout d'abord ténus pour ne pas dire imperceptibles, se sont faits de moins en moins discrets. L'adversaire ne prenait plus de gants. Sans doute savait-il quels coups il lui restait à jouer et avait-il compris qu'il avait d'ores et déjà gagné la partie. Il pouvait abattre son jeu sans crainte.

Tous les jeudis matin, sur le coup de dix heures, une généreuse corbeille de fruits était livrée dans nos bureaux – le seul acquis social qui nous avait été concédé depuis je ne sais combien de temps ; nous le devions à un rédacteur en chef passablement lunaire, qui, avant d'être muté à Washington, avait cru voir là un moyen de remobiliser et de ressouder les équipes. Le contenu de la corbeille évoluait au gré des saisons et il arrivait qu'un fruit tropical inconnu s'y glisse ; ce passager clandestin suscitait alors notre admiration et notre étonnement. Ainsi suffisait-il de quelques bananes, pommes ou énigmes équatoriales pour engendrer un peu de gaieté dans nos couloirs, ce qui n'était pas rien certains jours, et je dois dire que nous étions attachés à cette corbeille.

Or, en plein mois d'août, elle a cessé de nous être livrée. Les optimistes ont mis sa disparition sur le compte des vacances, certains qu'elle referait surface à la rentrée. Solange, la secrétaire de Lanquetot, n'avait pas été avisée d'un quelconque changement et s'en étonnait, mais elle n'était pas mandatée pour s'occuper de ça et ne voulait pas marcher sur les plates-bandes des services généraux, en l'occurrence Jean-Pierre Broquart, qui passait son mois d'août à La Grande-Motte, comme chaque année, et serait de retour le premier lundi de septembre, comme chaque année.

Ainsi s'écoula ce dernier été de paix. Beaucoup se prélassaient, bronzaient, nageaient pendant que, dans leur dos, disparaissait l'insignifiant – une corbeille en osier comme on en voit dans certaines natures mortes, avec ses raisins luisants comme des perles et ses pommes belles à croquer.

J'avais pris mes congés en juillet, aimant profiter du mois d'août au bureau sans les chefs de service, ou avec des chefs en pointillé, la tête toujours dans la maison « fabuleuse » qu'ils avaient louée en Toscane ou sur l'île de Ré. Un matin, j'ai surpris ma collègue Constance Prioux en train d'arroser les ficus des grands bacs blancs répartis en divers points de la rédaction. J'ai pensé qu'elle n'avait rien à faire et tuait le temps de cette façon.

« Tu les noies, Constance, ces pauvres plantes ! Un type est payé pour venir les arroser le mardi…

– Mais regarde, elles sont desséchées ! J'ai arraché plein de tiges jaunies. Si on ne leur donne pas un peu d'eau, elles vont crever. Le gars du mardi est en vacances. Ça fait des semaines qu'on ne l'a pas vu.

– D'ordinaire, un remplaçant vient pour ça, l'été…

– Ça finira mal, tout ça, je vous le dis ! (C'était Franck qui s'introduisait dans la conversation entrebâillée.) Ils commencent par les plantes, et après ce sera notre tour… »

Il n'avait pas tort, sur le fond. Franck avait le chic pour déguiser en plaisanteries des réflexions tout ce qu'il y a de plus sérieux et tomber juste en énonçant des choses foncièrement fantasques. Ces végétaux assoiffés reflétaient notre sort à nous, que personne n'augmentait ni ne formait plus depuis des années, nous, silencieux, la tête enfouie dans le sable sec comme en quête d'une eau fraîche.

L'arroseur de plantes, un sexagénaire qui ne dépassait pas un mètre soixante, n'a plus jamais franchi notre porte le mardi. Où était passé l'homuncule à l'arrosoir, avec son tablier bleu roi ? Avait-il été repris par les alchimistes qui l'avaient conçu ? Quant à la corbeille de fruits, elle n'a pas fait sa réapparition en septembre, démentant le pronostic des optimistes. Avait-on profité des congés d'été pour la supprimer en douce ? Les grincheux qui, à leur retour de vacances, ont déploré son absence et s'en sont plaints aux services généraux n'ont jamais obtenu d'explication. Précisons au passage que MondoNews opérait sur deux sites : rue Montmartre, où travaillaient les journalistes et où siégeait la chefferie, et à Cergy, où étaient regroupés les services techniques et clients. Les ressources humaines, en réponse à un début de grogne, ont fini par donner une raison maladroitement bricolée, qui n'a fait qu'alimenter les plaisanteries :

« Le site de Cergy ne disposant pas de corbeille de fruits, il a été décidé, par souci d'harmonisation, que celle livrée rue Montmartre serait supprimée. »

Nous n'aurions pas dû en rire, de ce rire jaune qui nous venait avec tant de facilité, nous, journalistes blasés toujours prêts à nous vautrer dans le cynisme… Nous aurions dû nous poser les bonnes questions au bon moment. Ne rien laisser passer. Aurions-nous été des Babyloniens ou des Grecs des temps antiques, nous aurions prêté attention à un augure de cette nature. Seulement, pour une raison ou une autre, notre monde du XXIe siècle a désappris à se poser les bonnes questions au bon moment de peur d'apercevoir les réponses.

Quelles questions, au demeurant ?

Quelque chose se préparait-il ? Des bruits de bottes avant les tambours de la guerre ? Allons… Une corbeille de fruits, des plantes qui du vert virent au jaune : si j'avais eu le réflexe d'y voir des signes précurseurs, je me serais dit qu'ils manquaient salement de panache. De panache, et aussi de grandeur… Dans la Chine de Mao, par exemple, on y faisait très attention, aux signes. Ne disait-on pas que si telle ou telle jeune femme, lors d'une représentation de l'Opéra de Pékin, portait une robe d'une certaine couleur, cela annonçait le déclenchement de purges ou l'offensive d'un clan du Parti contre un autre ? Un message distillé aux initiés… Attention, éminents membres du Comité central, du Bureau politique… votre vie tient peut-être à la tenue d'une bayadère ! Les satrapes se pressaient en nombre aux représentations, dont ils ne perdaient pas une miette... En guise d'Opéra chinois, chez Mondo, je devais me contenter d'une absence de bananes et de l'évaporation d'un arroseur...

Des signes avant-coureurs, si l'on avait bien voulu se donner la peine, il n'aurait pas été nécessaire de pelleter bien longtemps avant d'en exhumer d'autres dans les années qui avaient précédé notre *démantèlement*. Ouvrir les yeux aurait peut-être fait mal, alors, ainsi avais-je fait moi aussi l'autruche, comme tous les avatars d'Aurélien Babel qui peuplaient cette entreprise anciennement prometteuse. Tout était venu par petites touches. En pente douce. Comme un véhicule dont le frein à main s'est desserré et qui se met à rouler, l'air de rien tout d'abord.

Avant de prendre de la vitesse. De quelque façon, je pressentais bien un désastre, mais comment réagir ? Si seulement j'avais pu savoir quelle forme exacte il adopterait chez Mondo, sans doute aurais-je pris une décision, mais, au stade où j'en étais, ses contours étaient des plus imprécis et, disons-le franchement, si je ne réagissais pas, c'était avant tout par paresse ou inertie.

Et puis, deux écoles s'opposaient. Selon certains, les barbares n'entreraient pas dans Rome avant deux ou trois ans, tandis que d'autres nous annonçaient une menace imminente : l'ennemi était, sinon déjà dans la place, à nos portes. Qui croire ? Chacun pouvait choisir soit de mener la politique de l'autruche, soit d'écouter les Cassandre. Par nature, je tendais à privilégier l'autruche, me disant que c'était en outre l'oiseau terrestre le plus rapide au monde et qu'il serait toujours temps de réagir et de fuir à la vitesse de ce volatile.

III

Peu avant la mise en œuvre du plan social et le dynamitage de services vieux d'un demi-siècle, la rédaction avait appris la mort d'un ancien pilier de la rédaction francophone, Victor Lemoine. J'avais travaillé sous les ordres de ce directeur pendant une bonne quinzaine d'années et nous l'avions surnommé Citizen Kane pour sa personnalité tout à la fois sévère et solitaire, qui en impressionnait plus d'un et en terrorisait d'autres.

On ne peut pas dire que la disparition du bonhomme, à la retraite depuis seize ans, ait provoqué une véritable onde de tristesse, mais, dans les couches profondes de notre mémoire collective, elle avait ravivé bien des souvenirs. Avec lui, c'était toute une façon d'être et d'exercer le métier qui s'en allait, et il aurait été difficile de ne pas voir dans son décès le symbole d'un changement d'époque. Les plus jeunes avaient entendu parler de lui comme d'une légende. Lemoine, c'était l'ombre tutélaire, le surmoi de Mondo. On l'évoquait comme on raconte aux enfants des histoires sur les loups, pour faire courir dans leur dos des frissons d'outre-temps. Tous ceux qui, comme moi, avaient plus de quinze ans de boîte n'avaient pas oublié les années passées sous sa férule. Les plus anciens, ceux qui avaient débuté en même temps que lui, gardaient du personnage un souvenir ému. « Il nous a tout appris », répétaient-ils en boucle, et cela m'agaçait car, avant tout, il nous avait appris à vivre dans la peur et avait fait *suer le burnous*. Lemoine avait toujours été respecté pour son professionnalisme, sa probité et sa capacité de travail. En somme, parce qu'il incarnait un journalisme exigeant et rigoureux, qui ne concédait rien à la négligence ni aux modes et ne versait pas dans l'alcoolisme, en dépit d'une tradition fort respectée au sein de l'« armée mexicaine » de sous-fifres qui nous dirigeait. Dans son domaine, Lemoine avait été un lion, et ceux qui allaient le remplacer désormais, au terme d'une régence plutôt paisible, avaient tout du petit chacal ou de la hyène.

Aussi la disparition de Citizen Kane sonna-t-elle comme celle de l'ancien monde, un monde qu'il avait conduit, formé, éreinté, et qu'il emportait maintenant au paradis des hommes de bonne volonté. Comme tout représentant d'une époque révolue, il avait eu des côtés touchants. On souriait en se racontant l'anecdote de la souris : le jour où, devant travailler pour la première fois avec un ordinateur, il avait fait venir le technicien dans son bureau ; « Thomas, cette souris ne marche pas, le curseur ne bouge pas », lui avait-il soupiré à la face en déplaçant sa souris en l'air, à vingt centimètres au-dessus du tapis.

Lemoine était craint. Nous évitions son bureau, surnommé la Loubianka, comme on aurait contourné un site classé « Seveso », et bien entendu nul n'aimait s'y voir convoquer, pas même le jour où étaient annoncées les augmentations. L'homme siégeait derrière une table vaguement ovale et laquée de noir, près du buste du fondateur, un certain August MacPherson, Écossais à pince-nez qui avait fait fortune en créant cette boîte en 1910 et qui, statufié depuis belle lurette, observait les visiteurs se liquéfier devant Lemoine. À l'arrière du fauteuil directorial se dressait un placard toujours fermé, à l'intérieur duquel se trouvaient *les dossiers*. Je n'ai jamais su, au juste, si cette histoire relevait de la légende urbaine ou de la réalité. Citizen Kane passait pour actualiser scrupuleusement un dossier sur chaque salarié en y répertoriant la moindre bourde du plus obscur correspondant de province. Derrière la porte de ce placard, mon propre dossier attendait son heure, amendé au fur et à mesure que, tôt le matin ou bien tard la nuit, cédant à une petite houle de fatigue, je commettais une erreur ou l'un de ces pléonasmes qui irritaient particulièrement M. le directeur. Une nuit, comme son bureau était resté ouvert, je m'étais introduit à l'intérieur et avais tenté d'ouvrir le placard, mais peine perdue : il était fermé et aucune clef ne traînait.

Lemoine a-t-il emporté ces dossiers chez lui dans un carton, le jour de son départ à la retraite, ou les a-t-il transmis à Lanquetot, comme un président communique à son successeur les codes de l'arme nucléaire ? C'est là l'un des secrets les mieux gardés de la rédaction car aucun d'entre nous n'a jamais été mis directement en présence d'un de ces documents, si tant est qu'ils existent bel et bien.

Lemoine était d'un naturel taiseux et son silence me tordait les boyaux. Le silence au bout du fil quand je décrochais le téléphone de mon poste, en début de matinée, en constatant que l'appel provenait de la Loubianka. Il ne parlait pas tout de suite. Ménageait-il son effet ? Je ne crois pas, mais peu importe, j'étais sur des charbons ardents. S'il m'appelait, c'était que j'avais fauté. À la vitesse à laquelle nous travaillions, nous commettions toujours des imperfections, et l'imperfection la plus légère lui apparaissait aussitôt. Il voyait dans un texte ce qui nous avait échappé et lorsque, après quelques secondes de silence, et après m'avoir dit « Aurélien, bonjour », il enchaînait par quelque chose comme « Regardez votre dépêche de huit heures six », ou « Regardez ce que vous avez envoyé à sept heures cinquante », il m'incombait de deviner ce qu'il pouvait bien avoir vu. Il ne jouait pas, non. C'était à moi de m'amender, or la seule envie qui me prenait alors était de pisser sur ma chaise à roulettes et de claquer la porte du bureau. Comme de bien entendu, dans ces moments-là, sa voix posée, froide, non pas hostile mais chargée d'une certaine impatience (avec, en sous-texte : Mon temps est précieux, Aurélien, ne me le faites pas perdre…), sa voix, donc, me glaçait et figeait mes capacités de raisonnement. J'avais beau lire et relire les lignes du paragraphe incriminé, je ne voyais pas. À l'autre bout du fil, on patientait. Lemoine était très patient, et cependant, assez rapidement, il marquait à sa façon un tout léger début d'irritation. Quelque chose de lointain, comme un souffle sibérien : il venait de soupirer. Et quand ce soupir parvenait jusqu'à moi, je perdais le peu qui me restait de moyens intellectuels. Après m'avoir laissé mariner dans mon jus matutinal, Citizen Kane soupirait derechef et m'indiquait à quelle ligne se situait le problème. Je restais tétanisé. Les secondes passaient, les secondes de temps précieux que je lui faisais perdre, et je me maudissais d'avoir eu une insomnie entre trois heures et cinq heures, insomnie que je tenais pour responsable de l'énormité que je ne repérais toujours pas. J'avais de la merde dans les yeux, bon sang, tout ça parce qu'une maudite voisine était rentrée à trois heures et avait gueulé sous la douche l'air de la Reine de la nuit de l'autre côté du mur de ma chambre à coucher : oui, à bien y réfléchir, tout venait de cette connasse, mais cela ne résolvait rien. Les secondes passaient, et enfin Lemoine lâchait le morceau, m'expliquait ce que j'aurais dû voir tout de suite. Dès lors, je ne voyais plus que ça, comment mes yeux avaient-ils pu laisser passer cette boulette à la relecture ? Je grommelais quelque excuse dans le combiné, reconnaissais mes torts sans incriminer la Reine de la nuit qui avait interrompu la mienne et m'engageait à faire une correction séance tenante. Dès lors, ma journée était foutue... Sachant que mes lignes seraient passées au microscope, je n'osais plus écrire. Je relisais tout quatre fois, cinq fois, avant de me résoudre à l'envoyer aux abonnés, et encore étais-je dans le doute. N'étais-je pas mon pire ennemi, lorsque j'avais mal dormi et dû me lever peu après cinq heures pour commencer ici à six heures trente ? Et ce pire ennemi me tendait des pièges à chaque paragraphe. Je ne décrochais jamais le téléphone sans appréhension car Citizen Kane était là pour ainsi dire tout le temps, dans son bureau comme dans une station radar. La première chose que nous faisions, à notre arrivée, était de lorgner en direction de la Loubianka. Il apparaissait généralement vers sept heures trente et ne se ménageait qu'une courte pause-déjeuner. Son heure de départ était fonction de l'actualité, mais jamais je ne l'ai vu lever le pied avant dix-neuf heures trente. Un soigneux, un obsessionnel : les jours de tempête, il restait au gouvernail le plus tard possible car il voulait tout contrôler. Il s'éclipsait parfois sur le coup de minuit, au terme d'une journée de labeur de quatorze ou quinze heures. Cet homme aimait tellement les trente-cinq heures qu'il les abattait deux fois dans la semaine.

Lorsqu'il me fallait corriger ce que j'avais écrit, je l'ai dit, ma matinée de travail était foutue. Je ne me sentais mieux que si Lemoine partait en rendez-vous extérieur. Et encore étais-je certain que, dès son retour, avec force soupirs, il éplucherait ce que j'avais pondu dans son dos.

Il me fallait bien deux trois jours pour me remettre de ses appels matinaux, accepter d'avoir commis une bourde, un lapsus ou quelque erreur de traduction qui me renvoyait à ce que je ne voulais pas admettre : je ne suis pas parfait.

Qui donc était Citizen Kane ? Nous n'avons jamais eu la réponse à cette question, restée à l'état d'énigme ; aucun d'entre nous ne fut assez proche de lui pour mettre au jour son « Rosebud ». Il était un nom et un prénom, coiffés d'un surnom propre à inspirer un respect distant. Son visage était exempt d'expression, mais parfois, étrangement, s'y hasardait un sourire de bambin, furtif, comme honteux d'avoir ensoleillé brièvement l'austère figure. L'homme était économe de ses mots, qu'il prononçait sur un ton mesuré ; des mots presque chuchotés, proches de l'inaudible. Et pour que rien ne me soit épargné, il entrelardait son discours d'expressions anglaises que, la plupart du temps, je ne comprenais pas. Oui, déchiffrer Lemoine nécessitait une ouïe fine et personne ne prétendait décrypter la totalité de ses murmures ; car personne ne s'aventurait à lui demander de répéter, ce qui pouvait occasionner des quiproquos gênants.

J'imagine que si une appréhension pareille me gagnait à la vue de Lemoine, c'était qu'il réveillait, au plus profond de ma mémoire, le souvenir de directeurs d'école ou d'instituteurs sévères, avec les engueulades qui leur étaient associées. Et même si ces directeurs d'école étaient sans doute, désormais, allongés confortablement sous une dalle de marbre, ils n'en poursuivaient pas moins une carrière posthume ou fantomale sous les traits figés de Lemoine. Je dois dire au passage que les taiseux m'ont toujours impressionné, comme si leur réserve ne visait que moi. Comme s'ils me suspectaient. Je les ai toujours admirés, tout en me méfiant d'eux. Sur un visage de lune, Lemoine roulait de petits yeux perçants, des yeux de reproche. Avec lui, il était rare que les compliments pleuvent. Se tuer au travail était sa norme. Les bienveillants le disaient solitaire et plutôt timide, notamment auprès du beau sexe. Mes réserves de bienveillance à son égard étant épuisées depuis longtemps, je lui en voulais de la trouille qu'il m'inspirait. Était-il un homme d'appareil, qui ne traitait qu'avec les hautes sphères ? Paris était pour lui l'apothéose d'un long parcours de journaliste chevronné, sa couronne de laurier, après plusieurs postes risqués et prestigieux à travers le monde et de grands événements à son tableau de chasse : le Nicaragua, avec la chute de Somoza et l'avènement des sandinistes, l'invasion de la Grenade par les Américains, la guerre des Malouines, et puis Moscou, la perestroïka, Tchernobyl… Et enfin, cerise sur le gâteau,

Tunis, où il avait été le premier correspondant étranger à annoncer la chute de Bourguiba, grillant la concurrence de quelques précieuses minutes.

Lemoine exigeait tout de vous, et si vous ne saisissiez pas la perche qu'il vous tendait, il vous envoyait aux oubliettes. Il m'en avait tendu une, d'ailleurs, et moi, bien sûr... C'était au plein d'un été du début des années 1990. Des pourparlers allaient être engagés à Paris pour tenter de régler le conflit au Cambodge. Or, période de vacances oblige, les effectifs de la rédaction étaient particulièrement clairsemés, si bien que Lemoine n'avait rien trouvé de mieux que de me solliciter pour couvrir ce *round* de négociations. Un honneur qui m'était fait, à moi, frais émoulu de l'école de la rue du Louvre, et, aurais-je été normalement constitué, j'aurais dû exulter.

Fidèle à moi-même, j'avais paniqué. L'avalanche habituelle d'arguments m'était tombée dessus : je n'étais pas fait pour ce métier, je ne saurais pas faire face à la situation et puis, surtout, Lemoine me mobilisait pendant mes propres vacances, sans se demander si j'avais des projets pour cette période-là. Or je ne partageais pas sa vision des choses et ne comptais pas renoncer à ces congés, qui étaient une aubaine, au fond ; j'inventai aussitôt un voyage dans les îles grecques, l'impossibilité d'y renoncer car les billets d'avion étaient pris et les amis avec qui je devais m'envoler comptaient sur moi, etc.

Arguments qui furent poliment acceptés, mais le chef de service me recommanda vivement de présenter mes regrets à Lemoine, car c'était une « sacrée chance » que je laissais passer. Je m'exécutai, sans aller cependant jusqu'à m'agenouiller et battre trois fois du front le sol.

Je passai ensuite la semaine de congés chez moi sans sortir, dans l'ombre de mon bureau, entamant la lecture d'*À la recherche du temps perdu* pendant que, à la radio, il était parfois question, en deux phrases, de la conférence de paix sur le Cambodge qui se tenait à quelques kilomètres du fauteuil que Proust avait installé pour moi dans le jardin de Combray. Et puis je venais d'obtenir mon premier contrat avec un éditeur de poésie, qui me suggérait quelques retouches, et je comptais beaucoup sur ces jours-là pour m'atteler à ce travail d'affinage... Un premier contrat d'édition ! J'aurais sacrifié mille conférences de paix s'il avait fallu... Durant la journée, je ne décrochais pas mon téléphone fixe, de crainte qu'ils ne vérifient si j'étais bien en Grèce. Le soir, c'était Adèle qui se chargeait de répondre. C'est elle qui, durant cette semaine de clandestinité, a fait les courses – je m'interdisais de sortir.

La seule chose qui m'inquiétait concernait mon teint. Au soleil des Cyclades, j'étais censé brunir, or le soleil qui réchauffait Paris n'atteignait pas notre appartement, protégé par les frênes d'un jardin de ville, à l'arrière de la rue Monge. Une amie me donna une idée de génie : recourir à une crème autobronzante. L'incursion à la pharmacie d'en face est la seule sortie que je me suis autorisée. J'ai étalé la substance sans vraiment y croire, et le résultat a dépassé mes espérances dès le lendemain. Dépassé, car je me suis aperçu que j'avais appliqué la crème de façon inégale, à certains endroits plus qu'à d'autres, ce qui se traduisait par des bandes de bronzage plus marquées. La seule façon d'y remédier a été de passer une seconde couche, homogène, de manière à réparer les dégâts. Mon teint avait quelque chose d'orange, et ce teint, je ne l'ai retrouvé que longtemps plus tard, sur les photos de Donald Trump. Mais bref, cuivrée, olivâtre ou orangée, ma bobine affichait la preuve que j'avais bien doré au soleil des Cyclades.

À mon retour au bureau, Lemoine n'a fait aucune allusion au Cambodge ni ne m'a félicité pour mon bronzage.

Quinze années se sont écoulées ensuite sous sa férule sans qu'il me redemande jamais d'intervenir pour un événement de cette envergure.

Lemoine, je l'ai dit, incarnait l'ancien monde, qui luttait pour ne pas se sentir dépassé par le nouveau. En termes de nouvelles technologies, ce n'était pas un lion – l'épisode de la souris nous l'avait bien fait comprendre. Un autre incident dû à sa maladresse technique était cependant survenu qui, lui, ne nous avait pas fait sourire du tout. Cet incident s'était produit dix-sept ans plus tôt. Se trompant dans les codes d'envoi, Lemoine avait expédié par mégarde un rapport prévisionnel dans la corbeille informatique de la rédaction, là où aboutissaient les textes à relire avant diffusion. Comme il ne s'était pas aperçu de sa bourde sur le moment, le rapport confidentiel, destiné au Siège mondial, s'était généreusement offert à la lecture de tous pendant plusieurs heures et n'avait pas manqué d'être imprimé, copié dans nos propres corbeilles personnelles et amplement commenté par la messagerie interne. Les syndicats s'en étaient bien sûr emparés comme d'une prise de guerre... Nous avions des airs de conspirateurs pour parler en tapinois, à l'écart de la pléthorique chefferie, de ce rapport qui envisageait les conséquences possibles d'une division par deux des effectifs de la rédaction.

Lorsque Lemoine s'était enfin aperçu de sa bévue, il n'avait pas dû se sentir fier de lui. L'informatique était son seul véritable talon d'Achille, et, pour notre plus grand profit et bien à son corps défendant, il était devenu notre taupe au sein de la haute direction... Pressé de questions, il s'était expliqué laconiquement, sans véritable embarras. Ce genre de rapport prévisionnel lui était commandé chaque année par le Siège, de façon quasi routinière, et le projet de coupes claires dans les effectifs n'était qu'une simple hypothèse de travail, parmi d'autres. On lui demandait régulièrement de se livrer à ce genre de simulations, avait-il concédé en en relativisant la portée. Quant à savoir si le projet devait un jour être mis en œuvre, il avait noyé le poisson en laissant entendre évasivement que le risque n'était pas élevé et que, de toute façon, la décision ne lui appartenait pas.

Il ne nous restait plus qu'à nous tourner dans la direction de Seattle pour effectuer notre prière.

Cette simulation n'était pas devenue réalité, mais c'est cependant à partir de cette date que la méfiance avait régné chez nous. La peur, distillée par un système de goutte-à-goutte... Ceux qui, comme moi, avaient des emprunts sur le dos et des enfants en bas âge, faisaient grise mine. Nous étions sur le qui-vive. Certains voyaient en Lemoine notre meilleur bouclier. La preuve, argumentaient-ils, ce projet n'avait jamais vu le jour. Pour d'autres, plus machiavéliques, Citizen Kane avait envoyé le rapport à dessein dans la mauvaise corbeille. Pour nous alerter et nous donner des munitions en cas de coup dur ? Ou bien pour nous fragiliser ? Allez savoir. J'ai tendance à pencher pour la simple bourde. Trop souvent, *a posteriori*, nous relisons les événements en voulant n'y voir qu'intelligence et plans machiavéliques. C'est oublier qu'une bonne part de la vie est régie par la fatigue, par de petites erreurs toutes bêtes ou par la négligence. Certains donc, malgré tout, ont cru voir en Lemoine notre paratonnerre, qui nous préserverait des menées de Seattle, et je ne sais toujours pas quoi penser de cette théorie, avec le recul. Toujours est-il que ce rapport, qui avait fuité l'année précédant le départ de Lemoine à la retraite, nous avait plongés dans une atmosphère pénible. Les temps bénis étaient révolus. Nous avions mangé notre pain blanc... Depuis que la firme avait été introduite en Bourse, rien n'était plus comme avant. L'air que nous respirions au bureau avait changé. Comme si entre les molécules d'oxygène, d'azote et de gaz rare flottaient désormais des particules d'un genre nouveau – le symbole nanométrique du dollar américain.

Ces dernières années, lorsque l'agence MondoNews avait commencé à partir à vau-l'eau, sujette aux méthodes de *management* et aux oukases des Nouveaux Maîtres (un groupe suédois, Team SK, nous avait rachetés), j'en étais venu à regretter les matins où je décrochais le téléphone la trouille au ventre, relisant mentalement les lignes que je venais d'écrire et attendant les reproches de notre surmoi.

J'étais loin d'être le seul dans ce cas. Nous regrettions presque le temps des convocations à la Loubianka et les reproches chuchotés à froid, c'est dire... « Regretter » n'est sans doute pas le mot exact, car il impliquerait une certaine dose de masochisme. Disons que nous avions l'impression que le travail fourni n'était plus valorisé ni estimé, et que la recherche de la qualité n'était plus l'objectif de la direction. Désormais, il fallait que chaque info rapporte. Que l'on comptabilise un maximum de « clics » pour chaque article mis en ligne... Oui, la disparition de Lemoine annonçait bien l'extinction d'un monde ; et, en s'en allant, Citizen Kane nous avait rappelé que, nous aussi, nous étions des dinosaures, et que, à toute époque, chacun est le dinosaure du monde suivant.

IV

Dans l'enchaînement des événements qui nous ont conduits à cet état des choses, le quasi-démantèlement des activités françaises de MondoNews a été le coup de grâce. Depuis des années, nous savions que notre pire ennemi n'était ni la concurrence, pourtant rude, ni la conjoncture, mais bel et bien la direction – notre propre direction. Ceux qui, au Siège mondial, jouaient aux apprentis sorciers avec nos petites vies. Ceux qui comptaient les effectifs des différents bureaux comme du bétail – le *headcount*, disaient-ils – n'étaient plus journalistes depuis longtemps. Ils venaient de la haute finance ou avaient servi comme avocats dans de grands cabinets d'affaires, à Washington ou Toronto, avant d'être parachutés chez nous. Chaque fois que les résultats trimestriels tombaient, le Grand Patron, qui signait toujours de son diminutif, Sam (pour faire *corporate* et jouer au *good cop*), nous adressait un message de satisfecit en tête duquel apparaissait, en médaillon à droite, sa trogne réjouie et forcément *cool*. Il posait manches retroussées, la cravate nouée avec une désinvolture feinte. *Cool*, Sam. Il se disait *excited* par ses projets pour MondoNews et ne manquait pas de se féliciter de la gestion prudente qui, grâce aux sacrifices consentis, nous permettait d'affronter les tempêtes. Il se congratulait avec une sincérité désarmante et réaffirmait en guise de conclusion à quel point il était *bullish, excited* par les *challenges*, heureux en somme de vivre cette aventure avec nous, les galériens du bateau ivre.

Sam ne manquait naturellement pas de nous demander de nouveaux sacrifices, puisque les précédents avaient porté leurs fruits : CQFD. Sa logique était belle à pleurer, au point qu'on avait envie de lui dire de nous refaire très vite un couplet aussi bien troussé. *Play it, Sam. Play it...*

Les signes d'une évolution inquiétante étaient apparus, à vrai dire, bien avant la suppression de la corbeille de fruits et de l'arrosage, lorsque le Siège s'était mis à pratiquer en tapinois la politique du fait accompli. Un jour d'il y a trois ans, mon clavier avait donné des signes de faiblesse alarmants. Un faux contact m'obligeait à le débrancher puis à le rebrancher, mais le problème se reproduisait rapidement. Et puis certaines lettres s'étaient progressivement effacées sur les touches, si bien que je peinais à trouver certains caractères. Quand Thomas, notre technicien, avait traversé l'*open space*, je l'avais alpagué : « Pourras-tu me changer ce clavier quand tu auras une minute ? » Il m'avait écouté, placide comme toujours, mais avec un petit sourire froid que je ne lui connaissais pas.

« Il faut que tu fasses un ticket.

– Hein ? Quézaco, un *ticket* ? »

Son visage s'était fendu d'un nouveau sourire.

« Un ticket en anglais, adressé à Singapour. Vois avec Solange (Solange, notre factotum en matière de bureaucratie interne), elle t'expliquera, c'est pas compliqué.

– À Singapour ??

– Je dépends d'eux depuis la semaine dernière. Pour le moindre souci (on était en plein dans la période où *problème* avait disparu du vocabulaire, remplacé par *souci*, plus feutré), tu dois leur faire un ticket ; je ne peux rien entreprendre sans que Singapour m'en donne la consigne.

– Qui a décidé ce bazar ? »

Du doigt, il avait indiqué le ciel (le Siège mondial).

« En résumé, si j'ai besoin de toi, je ne peux rien te demander directement, je dois faire ce *ticket* pour que Singapour te charge de changer mon clavier, ou ma souris, ou m'aider à me relever si je tombe dans le couloir, c'est ça ? »

Il avait opiné du bonnet, l'air de ne pas être dupe.

« Dis-moi, Thomas, tu as l'heure ? »

Il m'avait répondu par un large sourire – j'aurais pu compter ses dents.

Une question m'était venue – *Mais pourquoi tout ça ?* – que je m'étais abstenu de lui poser. Je savais qu'elle était vaine, et probablement aurais-je dû faire un ticket à Singapour pour que Thomas accepte de me répondre. Depuis le temps que je travaillais dans cette boîte, je savais que la question *pourquoi ?* n'y avait aucun sens. Les logiques qui, sur le long terme, présidaient à la prise de décisions nous échappaient, et tenter de les saisir (ce n'était pas faute d'avoir essayé) était voué à l'échec. Pour ce qui était du court terme, nous aboutissions toujours à la même conclusion : réduire les coûts. Mais concernant l'instauration de ces *tickets*, j'avoue que la logique profonde m'échappait.

Solange m'avait expliqué à quelle adresse envoyer ledit ticket, lequel devait expliciter en anglais la nature de mon problème et, surtout, mentionner mon *Employee Number* et le numéro de mon poste téléphonique. Compte tenu du décalage horaire avec Singapour (on était à Paris un vendredi à dix-huit heures), l'ordre de changer le clavier ne serait pas donné avant le lundi.

Un autre jour, comme je devais assurer prochainement la permanence de nuit, j'avais demandé à Thomas :

« Le week-end ou la nuit, Thomas, quand tu n'es pas là, on fait quoi, désormais, si le système plante ? On fait un ticket à Singapour et on attend ton retour dans nos murs ?

– Tu composes le 88-88.

– À Singapour ?

– Non, à Chandannagar.

– ??

– En Inde. On disait “Chandernagor”, avant.

– Ça je sais, Thomas ; mais je fais quoi après avoir composé ces quatre chiffres ?

– Tu expliques ton problème.

– … »

Après la crise financière de 2008-2009, délocalisations et externalisations étaient devenues les deux martingales à la mode. Dans mon souvenir, le service paie avait été le premier à y passer. Une boîte sise à Košice (deuxième ville de Slovaquie, à une journée de marche de l'Ukraine) avait été chargée de but en blanc d'établir nos fiches de salaire. Lesquelles ne nous avaient plus été distribuées au bureau mais étaient arrivées chez nous par la poste. Rien ne changera, assurait la DRH, vous verrez.

Voir. Les petites mains moravo-carpathiques à qui il incombait d'effectuer les calculs ne connaissaient pour ainsi dire rien de notre groupe et n'avaient avec lui aucun contact direct. Nos ressources humaines n'ont pas tardé à repérer des anomalies, et nombreux ont été ceux qui, parmi nous, ont eu *a posteriori* des retenues sur salaire pour rembourser des surplus indûment versés les mois précédents. On n'osait se réjouir de la moindre hausse du montant perçu. Nos bulletins de paie devenaient l'objet de toutes les méfiances. Chaque ligne était suspecte. Et d'excuses ou d'explications à la suite d'erreurs, il n'était jamais question.

Malgré ces ratés, la voie était ouverte. Peu d'entre nous protestaient, sauf à grommeler dans leur barbe.

Les syndicats n'ont pas bronché.

Rapidement a suivi l'externalisation de la livraison des titres-restaurant, lesquels nous étaient distribués jusqu'alors par Solange. Là aussi, ce qui marchait très bien a été anéanti. De but en blanc, ces tickets nous sont parvenus désormais par la poste. Au bout de quelques mois, cependant, plusieurs d'entre nous ont signalé des pertes. Il va sans dire que le rectangle épais formé par ces liasses de dix-huit tickets était aisément repérable au toucher et certains vacataires des services postaux, souffrant peut-être de faim chronique, devaient arrondir leurs fins de mois en ouvrant ces enveloppes. Combien de repas ne furent pas réglés en notre nom, combien de panses ne furent pas remplies par ces petits détournements ? Un collègue lésé obtenait réparation en signant une déclaration sur l'honneur attestant qu'il n'avait pas reçu son lot mensuel et en recevait un autre, remis cette fois par Solange ; dans ce cas, MondoNews déboursait le double du montant dû. Les cas de perte se multipliant, l'affaire a tourné à la gabegie, mais il était hors de question de revenir sur le principe des externalisations. Quelque ponte avait dû décréter que telle était *la* voie à suivre, et tant pis pour les pertes.

Le cas de notre imprimante, qui tombait en panne tous les quatre matins, était édifiant ; son entretien n'incombait plus à Thomas mais avait été confié à une société externe qui n'intervenait guère qu'au bout de cinq ou six jours, si bien que nous devions modifier je ne sais quels paramétrages dans nos ordinateurs de manière à être redirigés vers une imprimante de secours, à l'autre bout de la rédaction, qui, surchargée de travail, finissait à son tour par tomber en panne.

La perspective de devoir composer le 88-88 et de parler aux services techniques à Chandannagar est vite devenue ma phobie. Il était loin le temps où cette ville, dans l'ombre de Calcutta, était un comptoir dont le nom signifie « ville de la lune ». Ville de la lune, voilà qui collait bien avec un appel nocturne. Régulièrement, j'étais d'astreinte la nuit, une semaine durant. Or, un dimanche (les problèmes survenaient le week-end, lorsque des informaticiens procédaient à des travaux sur le système), le destin m'a fait le coup de la panne et, à peine arrivé, je n'ai eu d'autre choix que de composer le numéro à quatre 8, car tout venait de se figer sur mes écrans. Au bout de quelques secondes, un Bengali prénommé Arnesh ou Arnish a décroché et m'a demandé mon *Employee Number*, sans lequel toute tentative de conversation tournait court. Ensuite, après quelques salamalecs, j'ai compris qu'il s'enquérait de la raison de mon appel, et c'est alors que les ennuis ont commencé.

Car, fondamentalement, j'ignorais quelle était la nature de la panne ; je n'aurais pas su décrire la situation en français, or il me fallait la présenter en anglais. À l'autre bout du fil, Arnesh, ou Arnish, n'a pas réussi à cerner ce que je voulais dire (je l'ignorais moi-même) et m'a posé une question que je n'ai pas comprise. Misant sur le pouvoir magique de la répétition, j'ai régurgité les mêmes phrases, au mot près ; c'est que, avant de téléphoner, j'avais pris le temps de rédiger à ma façon ce que j'avais à demander. Manifestement, pourtant, le texte que j'avais jeté à la va-vite sur une feuille ne signifiait pas grand-chose. Confronté à mon entêtement de perroquet, mon interlocuteur à la peine a tenté d'aborder le sujet par un autre biais et a semblé me faire des suggestions, ou m'apporter des éclaircissements ?

« *... gonna... get tab... got... ?* »

Après avoir marqué un silence, comme s'il attendait une réaction de ma part, qui ne venait pas, l'autre m'a adressé derechef la parole, pétaradant une salve de mots dont je n'ai rien pu extraire de concret.

« *Sorry, but... could you repeat again, please ?*

– *... gonna... get... tab... got... ?* »

Une fois, deux fois. Il répétait doucement, mais sa voix tintinnabulait comme les clochettes d'un traîneau et rien à faire : je n'arrivais pas à dégager le moindre sens de son sabir. Et dire que j'avais fait sept ans d'anglais, sans compter les années de fac... J'en avais des suées. Je ne pouvais tout de même pas lui faire répéter une troisième fois, d'autant plus que cela n'aurait rien changé. Son anglais ne m'était compréhensible qu'à dix ou vingt pour cent, et cela ne tenait pas seulement à moi ; ceux de mes collègues qui avaient l'esprit plus vif reconnaissaient avoir beaucoup de mal à s'en tirer lorsqu'ils devaient recourir aux services de Chandannagar. Les Bengalis parlent un anglais heurté, tressautant, avec quelque chose de musical et de festif qui peut déconcerter. Le rythme et le ton sur lesquels les mots sont prononcés déjouent tout pronostic et cela donne une expression syncopée, des mots d'anglais comme passés à travers une soufflerie et mêlés à du pop-corn. Je tentais d'isoler des îlots de sens et de les relier les uns aux autres. Bien sûr, pas question au téléphone de lire sur les lèvres.

Que faire ? Restait à trouver un moyen de battre en retraite et de raccrocher sans trop friser le ridicule, car les deux collègues encore présents, collègues d'un naturel sarcastique et pour tout dire médisant, se délectaient de mes difficultés. Le lendemain, je serais la risée du service. Ah ! ils devaient bien rire aussi, les Bengalis ! Peut-être caricaturaient-ils sciemment leur propre façon de parler, pour ridiculiser les Blancs qui avaient recours à eux ?

Décontenancé, j'ai improvisé une question censée conclure notre entretien :

« *So... Did you fix the problem ?* »

(Or donc, avez-vous enfin réglé ce foutu problème qui pollue ma nuit ?)

Arnesh a pétaradé dans mon oreille droite une phrase dont il avait le secret, et qui, d'ailleurs, a conservé tout son secret. Cette fois, je n'ai plus pris de gants car il fallait en finir : mes collègues commençaient à échanger des sourires. « *What ?* » ai-je tenté. Sur quoi il a répété très lentement, croyant avoir affaire à un déficient mental. Miracle, j'ai compris sa réponse. Le brouillard se levait ! Oui, il allait faire quelque chose. Quoi, cela m'était bien égal. L'important était que, dans les soutes de la planète, au Bengale, on allait s'activer. Je l'ai remercié avant de raccrocher, puis j'ai pris un air rassurant à l'adresse de mes collègues comme pour leur dire : Vous pouvez partir tranquilles, ils sont sur le coup, là-bas. Tout va remarcher sous peu.

En étais-je bien certain ? Les minutes qui ont suivi mon appel ont été les plus pénibles. Et s'ils n'avaient *rien* compris ? Et s'ils ne réussissaient pas ? Je n'aurais pas d'autre choix que de rappeler et de tout réexpliquer depuis le début (car on ne tombe jamais deux fois sur le même Arnesh, ou Arnish).

Au bout d'un quart d'heure, j'ai perçu de nouveau le bruit des téléscripteurs, entre crépitement, crissement et crachotement. Ô, petit bruit béni… Et des dépêches tombaient sur les écrans de contrôle. Les cours des Bourses asiatiques s'actualisaient. Le monde selon MondoNews reprenait vie, quelqu'un sur les bords du Gange l'avait débloqué. J'ai poussé un soupir de soulagement qui aurait mérité une mention dans le *Guinness des records*.

Lorsque j'échappais à la panne, être de service de nuit était un bonheur. J'aimais cette tranche horaire, notamment de trois à cinq heures du matin. Sans doute l'unique musique qui s'accorde parfaitement à ce créneau horaire est-elle celle d'Astor Piazzolla. Vous êtes alors différent : vous entrez brièvement dans l'éternité d'un monde à la profondeur insondable. J'aimais travailler seul, dans le grand silence, troué de temps à autre par des signaux sonores mats. L'idée que la chefferie dormait pendant que j'étais au bureau me rassurait. Le plus souvent, je me retrouvais seul dans l'*open space* peu après minuit. Au même moment, l'aube léchait les côtes de l'Extrême-Orient. L'Asie s'éveillait. Elle allait m'envoyer des informations à traiter, cependant qu'en Californie le soleil terminait sa journée. Il arrivait que je ne sois pas seul : de l'autre côté d'un panneau vitré était assis Iain, un Néo-Zélandais drogué de boulot, qui ignorait ma présence. Jusque très tard, il cuisinait au téléphone je ne sais quel informateur du secteur automobile, en tant que *Chief Correspondent, World* ou je ne sais quel titre rutilant comme un sou neuf.

Lorsqu'il débarrassait le plancher, vers trois heures du matin, je l'entendais glisser dans mon dos sans me voir, après quoi la porte claquait derrière lui. Je me retrouvais seul dans une salle dont les écrans émettaient des sons minuscules, des « bip » d'outre-monde, en fonction des données boursières qu'ils recevaient des antipodes. Les deux téléscripteurs crachotaient par intermittence ; en cas de nouvelle majeure, ils émettaient des sifflements, telle une marmotte qui aurait repéré une buse et alerterait le clan.

Les nouvelles que je rédigeais en français étaient l'écume du jour. La longévité des informations n'excédait d'ailleurs pas celle de l'écume de mer : aussitôt transmises, elles tombaient dans le domaine public et ce petit savoir que j'avais tapé du bout des doigts pendant quelques minutes ne m'appartenait plus. Loin de moi dans l'*open space*, deux téléviseurs poursuivaient une conversation cathodique sans queue ni tête. J'écoutais le bruit de fond du monde et je m'engageais dans une nuit lente, éternisée. Il arrivait que je n'aie rien à faire et je me mettais à lire les poètes tragiques. C'est là, rue Montmartre, que j'ai fait connaissance avec Eschyle, Sophocle et Euripide. Ou bien des contemporains, comme Cendrars : son invraisemblable micmac baroque de mots pour dire la richesse sans fin et l'horreur sans nom de la vie, je l'ai découvert là-bas. Bourlinguer ! C'est à trois quatre heures du matin, vissé à un siège de bureau, que j'ai le plus bourlingué, dans le bazar oriental, le capharnaüm cacophonique des phrases de Blaise, en m'efforçant d'imaginer ce que pouvait être la mystérieuse « épine d'Ispahan ».

J'aurais pu, sur un coup de tête, semer un début de panique. Rien ne m'aurait été plus facile, étant seul, que d'annoncer un débarquement d'extraterrestres dans l'Aveyron, la chute d'un avion kamikaze sur le palais de l'Élysée ou la fameuse invasion de la Sicile par les ours. En 2013, le compte Tweeter de l'agence Associated Press avait été piraté et des hackers avaient diffusé la fausse nouvelle d'une explosion à la Maison Blanche, dans laquelle Obama avait été blessé ; les Bourses américaines avaient dégringolé. Des milliards de dollars étaient partis en fumée avant que le pot aux roses ne fût découvert. Avec moi, si je le décidais, le pirate était dans la place, aux commandes de Mondo. Mais ceux qui me dirigeaient savaient bien que j'étais un enfant sage et que mes grains de folie – atterrissage d'une escadrille d'ovnis près de Rodez ou offensive des ursidés en Sicile –, je les réservais à mes plaquettes de poésie ou à mes nouvelles. Ils pouvaient dormir sur leurs deux oreilles.

C'est dans ces moments-là, entre trois et cinq heures du matin, qu'un jeune homme se matérialisait parfois de l'autre côté des tables. Il m'observait en silence, sans me quitter des yeux. Je ne remarquais qu'au bout d'un certain temps sa présence fantomale, voisine de l'hologramme, et je le dévisageais sans mot dire. Il avait dans les vingt-trois ou vingt-quatre ans depuis toujours, c'est-à-dire depuis qu'il avait entrepris de me rendre visite au creux de la nuit. Je le connaissais bien. Devant moi se tenait celui que j'étais à mon arrivée chez Mondo, frais émoulu d'une école de journalisme, et avec ça timide et complexé, beaucoup trop « pur ». Un autre moi détaché du moi présent, en somme, avec ses rêves de jeunesse et ses projets pour meubler le vaste avenir. Oui, cette heure si particulière était propice à nos rencontres et jamais je n'ai eu d'échange plus profond que durant ces nuits-là, entre le moi des vingt-trois ans et celui que je peinais à être à quarante ou cinquante. Surtout, il avait le tact de ne pas me poser la question que je redoutais : « Qu'as-tu fait de ta vie, mon vieux, depuis la dernière fois ? De *notre* vie ? »

Il y a une grande part de nuit en chacun de nous, je crois. À ne pas confondre avec la « part d'ombre », bien sûr. La « part de nuit », c'est ce qui nous reste d'instinct et d'intuition, sous une chape de rationalité. Notre part chamanique, qui échappe à la Machine et aux tentatives de domestication.

Durant ces heures détachées du temps, il arrivait que mon esprit acquît une acuité qu'il n'atteignait pour ainsi dire jamais de jour. Pour emprunter une formule à Cioran, le noctambule des rues de Sibiu, mes pensées n'étaient plus captives de la logique diurne. Je réfléchissais à mon existence et je voyais loin, net, comme un jour de beau temps l'hiver. Ma vie, ses trésors et ses défauts, mes handicaps, j'observais tout cela comme grossi par une loupe, et le jeune homme face à moi ne m'en tenait pas rigueur. Je crois qu'il me considérait avec une grande mansuétude. Il est vrai qu'il aurait eu fort à faire pour me convaincre d'évoluer ; les années passaient, les années étaient passées et j'étais toujours au même poste, affecté aux mêmes tâches. Oh ! j'en avais vu défiler, des jeunes journalistes, dans mon service. La plupart ne restaient qu'un an ou deux ; une fois formés, ils aspiraient à se faire muter au sport ou au reportage politique pour se dégourdir les jambes et les méninges et aller « sur le terrain ». Je ne bougeais pas d'un cheveu. Le jeune homme qui me rendait visite la nuit s'en inquiétait certainement, sans rien en dire. Flûte ! devait-il penser. Mais c'est mon avenir qu'il fout en l'air, ce doux rêveur, ce poète confidentiel ! Est-ce vraiment ça que je vais devenir ?

Je ne cache pas qu'à certains moments, à force de voir mes collègues voler vers d'autres horizons, je me posais des questions sur moi-même. Étais-je normal ? Bien sûr, je recherchais la tranquillité pour écrire des poèmes, mais tout de même… Quelle frousse paralysante m'empêchait d'aspirer au changement ? Un jour, Didelet, qui n'était pas un mauvais bougre, s'en était ému ouvertement devant moi (à cette époque, Didelet assurait l'intérim à la tête du service et avait été chargé des entretiens annuels d'évaluation des « performances ») :

« Il y a juste un truc qui m'intrigue, Aurélien, c'est… Enfin… ça fait presque vingt-cinq ans que tu es là, à ce poste… Tu n'as jamais eu envie d'*évoluer* ? De changer de service et d'aller voir ailleurs ? »

J'ai oublié quel argument j'avais invoqué pour botter en touche, mais je me souviens qu'il avait vite baissé les bras, comprenant que j'étais irrécupérable ; car il n'était pas sot, Didelet : il avait deviné que je couvais ma tranquillité comme un chien sa niche. Oh ! il m'était bien arrivé, de temps à autre, de passer quelques jours chez les économistes, en stage d'imprégnation, comme on disait, après quoi j'étais retourné prestement à la niche pour n'en plus bouger. J'achetais ainsi ma tranquillité, je faisais mine de chambouler ma carrière, laissais croire quelque temps à une réorientation. Car, selon la formule la plus célèbre du *Guépard*, « Si nous voulons que tout reste tel que c'est, il faut que tout change ».

Les transferts progressifs de compétences à Chandannagar n'étaient, d'après nos conjectures, que les prémices d'une stratégie beaucoup plus ample. Parmi les collègues à qui on ne la faisait pas figurait en bonne place « Cassandre », laquelle ne cessait de nous annoncer le pire. Le spectre qu'elle agitait le plus souvent depuis les années 80, son spectre préféré, était la *délocalisation*. Ce terme n'existait pas encore, aussi l'exprimait-elle autrement : « Vous verrez, ils finiront par transférer notre service à l'étranger ! Pour eux, nous sommes la dernière roue de la charrette. » Dans les moments où elle s'engageait sur cette voie, nous nous serions crus renvoyés trois mille ans en arrière lorsque la fille de Priam rendait ses sombres oracles. Comme les Troyens face à la princesse, nous n'accordions aucun crédit à ce que disait notre Cassandre à nous, pensant qu'elle souffrait de quelque lubie ou monomanie. Transférés à l'étranger ? « Tant mieux, soupirait Franck. Autant être à la plage ou travailler en terrasse... L'an prochain à Djerba ! »

Cassandre nous faisait bien rire, pour être franc, et nous aimions l'imiter dans son dos. Au fil des années, cependant, notre rire a passablement jauni. Un jour, de but en blanc, notre service archives a été transféré à Valence, dans le sud de l'Espagne, et la nouvelle a sonné comme un avertissement, même si la décision ne concernait que trois collègues. Valence, au fond, était sur la route d'Agadir... Un contrat local leur a été proposé comme il se doit, mais avec un salaire joliment allégé, si bien que, devant un tel assaut de générosité, le trio a « choisi » de démissionner.

Tout cela remontait au début des années 2010. Désormais, nous nous gardions de rire de Cassandre car, à bien y réfléchir, ses prédictions étaient à plusieurs reprises tombées juste, à deux ou trois dixièmes près... Pour qu'elle se taise enfin, nous l'aurions volontiers immolée sur un autel si, car il y a toujours des « si », les sacrifices propitiatoires n'avaient pas été interdits par la loi.

Valence, selon certains, ne tarderait pas à faire des petits.

De fait, trois ans plus tard a été créé le pôle de Chandannagar, qui n'a pas touché directement les activités de Paris mais a marqué un changement d'époque.

La question n'était plus de savoir si nos emplois seraient un jour délocalisés, mais où et quand.

Quelques années encore ont passé et, le front restant momentanément calme, notre vigilance s'est émoussée. Chandannagar montrait ses limites, entre bourdes, tâtonnements ou ratés complets… Quant à Cassandre, elle était momentanément calmée. Peut-être était-elle sous traitement et prenait-elle chaque soir un petit cachet pour tenir en respect ses angoisses ? À moins qu'elle n'ait mystérieusement perdu ses dons de voyance.

Mais le capitalisme est un crocodile qui ne dort jamais. Immobile, fondu dans le décor il attend que sa proie relâche sa méfiance et approche du bord de l'eau. Un jour, le moulin à rumeurs a recommencé de tourner. Des bruits insistants, concernant l'avenir du travail de nuit dans nos bureaux, ont remis ses ailes en mouvement. Depuis des années déjà, tout nouveau projet de la direction parisienne ou du Siège était synonyme de menace. Une année sans projet était une année de sursis, de tranquillité, dont nous profitions jusqu'au dernier instant. Nous avions la conviction que l'avenir nous en voulait. Oui, l'avenir était en embuscade, derrière les fourrés du temps, il guettait notre passage…

Avec le recul, je m'aperçois que nous avons vécu le dos tourné à l'avenir, tout ce temps, parce que ce qui relevait du lendemain ne pouvait être que pire. Une grève au niveau mondial ? Les syndicats des principaux bureaux ne s'accordaient pas et n'en voulaient pas, de toute façon. Des contre-propositions ? La direction n'était pas à l'écoute du personnel. Voilà belle lurette que Seattle ne parlait plus de développer nos activités. Ceux qui partaient à la retraite n'étaient pas remplacés. Embaucher était tabou. Faire autant avec moins d'effectifs avait rang de dogme. La toute dernière engagée en contrat à durée indéterminé s'appelait Sabine Bourret. Une trentenaire qui ne venait pas directement de la presse et avait dû être embauchée avec un salaire *low-cost*, grâce à son inexpérience journalistique. Son cas était si extraordinaire qu'il en paraissait suspect à certains, et cela lui valait des rancœurs cuites et recuites. Il faut dire aussi qu'elle marquait mal, Sabine ; elle n'avait pas les codes du journaliste parisien, et ça, ça ne pardonne pas.

Ainsi, le moulin à rumeurs s'est remis en mouvement, alimenté par un défilé inquiétant d'inconnus dans le bureau d'Étienne Lanquetot, successeur de Citizen Kane. Tous étaient jeunes, sans doute fraîchement sortis des moules de Sciences Po ou d'une des deux grandes écoles de journalisme ; et avec ça, l'air très *cool*, la mèche négligée sur le front et les pieds dans des Converse rouges ou bien vertes ; on leur aurait volontiers offert des pétards longs comme ça si leur nonchalance étudiée n'avait pas dissimulé un art consommé de se vendre. J'avais observé les rares à être passés par chez nous, les dernières années : à vingt-trois ans, plusieurs de ces jeunes loups ou louves disposaient d'un site internet dédié, en français *et* en anglais, où ils répertoriaient l'ensemble de leurs piges, leurs moindres stages et diplômes, sans oublier une participation exceptionnelle à une distribution de repas des Restos du Cœur, pour la touche humaine.

Lanquetot avait l'intention de transférer le poste de nuit sur la côte Ouest des États-Unis, où, avec un décalage de neuf heures, il faisait encore grand jour pendant que la France dormait. CQFD ! Payer au tarif de jour un débutant, afin d'assurer là-bas la veille de nuit pour l'Europe : cela ferait autant d'heures de nuit à ne plus payer à des journalistes chevronnés basés en France... Comment le cerveau de Lanquetot n'avait-il pas conçu plus tôt un projet aussi lumineux ? Il ne l'avait pas encore officialisé, mais nous en avions eu vent par Elsa, qui avait travaillé trois mois dans notre service, l'été précédent, et avait été approchée ensuite pour s'installer pour la boîte en Amérique, billet d'avion payé. Elsa, depuis son départ, était passée à la concurrence et avait décliné l'offre. Peu importe ; ça défilait ferme dans le bureau de Lanquetot et il finirait par trouver un pigeon... L'idée était de faire passer le poste de nuit en VIE, et nous étions tous allés voir sur Google ce que cela signifiait : volontariat international en entreprise. Le tout serait financé pour partie par un organisme d'État et l'heureux élu, maigrement payé, officierait du côté de la Californie. Ainsi une sentinelle postée à Los Angeles ou Berkeley serait-elle chargée d'écouter les stations de radio françaises et d'alerter un correspondant ou un photographe dans le Gard ou en Gironde en cas de feux de forêt ou de je ne sais quel événement. « C'est la tendance ! ont entonné les thuriféraires de la direction lorsque le projet a pris corps. C'est la tendance, et d'autres médias le font déjà ! Il faut être de son temps, savoir évoluer. »

Un jour, alors que le défilé venait de cesser dans son bureau, Lanquetot a officialisé ce qui était un secret de polichinelle.

Pour notre malheur, le VIE sélectionné et parachuté à Berkeley s'est vite et bien habitué au poste. Nous avons dû ravaler avec dépit toutes nos prédictions sarcastiques – « Comment veux-tu qu'il soit dans le bain français, au bord du Pacifique ? Comment veux-tu qu'il sache comment réagir ? » Le plan de Lanquetot fonctionnait. Le type de Berkeley apprenait et bossait à la perfection. Une catastrophe. Nous avons bien tenté pendant une réunion de service de faire valoir la baisse de nos revenus provoquée par la suppression du poste de nuit, mais rien à faire. « Personne ne vous paiera pour un travail que vous ne faites pas », a objecté Lanquetot, impeccablement logique. Quant aux syndicats, ils n'ont pas bronché.

« Il faut se mobiliser, mettre le holà, ont suggéré certains d'entre nous.

– Les gens ne sont pas prêts à faire grève », leur rétorquait très patiemment Hervé, un de nos élus.

Cassandre, qui avait pris sa retraite, ne pouvait plus se répandre en prédictions alarmistes, mais sa pensée avait essaimé. Tel était le cadeau qu'elle nous avait légué à son départ : chacun de nous cherchait à devenir plus Cassandre que le voisin, et il faut dire que Lanquetot alimentait le moulin à rumeurs. Si le poste de nuit avait pu être délocalisé avec autant de maestria, pourquoi s'arrêter en chemin ? Pourquoi ne pas délocaliser l'équipe de jour dans un pays aux salaires de misère, où les droits sociaux en étaient encore à l'âge de pierre ?

V

La question des délocalisations n'était pas la seule à nous tarauder. De nouvelles méthodes de *management*, élaborées et testées sur des cobayes humains dans les couveuses nord-américaines de MondoNews, avaient fait leur apparition chez nous. L'évaluation annuelle des performances n'était certes pas une nouveauté, mais, les premières années, l'exercice s'était limité à passer une fois par an « chez Confesse », c'est-à-dire dans le bureau d'un chef de service ou de Lanquetot, que ce « pensum maoïste », selon ses propres termes, barbait au plus haut point. La menace avait été circonscrite rapidement car, à la réflexion, je crois que Lanquetot n'avait pas mauvais fond. Peut-être son air bonasse n'était-il pas un faux-semblant ? Il nous attribuait à tous la même note, six sur dix, pour ne faire aucun aigri, et sans doute aussi pour dissuader les lèche-bottes de commettre des excès de zèle. Oui, ce n'était pas un mauvais bougre, même s'il était grassement payé pour jouer son rôle de *cost killer*. Parfois, je croyais même apercevoir chez lui des bribes de ma nature contemplative et mélancolique, que je peinais à occulter lorsque j'étais au bureau. Au détour d'un message, il lui arrivait de glisser une citation d'Emmanuel Bove, son auteur fétiche, et cela m'avait attendri. Bref, ces procédures le rasaient et l'opération, telle qu'il l'accomplissait, tournait à la routine administrative. Nous avions neutralisé ce qui, entre les mains d'un pervers, serait devenu un jouet dangereux : une note déplorable, des objectifs annuels non atteints, et l'employé dans le collimateur n'aurait eu qu'à attendre la lettre recommandée le convoquant pour l'entretien préalable à son licenciement.

En haut lieu, certains ont dû s'irriter de cette *neutralisation* des entretiens de performance, et le Siège a décidé un beau jour que, dans chaque pays, dix pour cent des effectifs devraient écoper désormais d'une note annuelle comprise entre un et quatre sur dix. Simultanément, le Siège a généralisé une procédure testée jusqu'alors aux seuls États-Unis : le *wider feedback*. À en croire la direction, ce mode d'évaluation permettait de développer le dialogue au sein des salles de rédaction américaines et faisait ses preuves. Quelles preuves, nous aurions bien aimé le savoir… Ou plutôt, non, ne rien savoir.

En vertu de ce *wider feedback*, le travail d'un journaliste n'était plus évalué seulement par son supérieur hiérarchique, mais aussi par deux de ses collègues. Le journaliste pouvait en désigner un et le second devait l'être par le directeur de la rédaction. L'opération était censée limiter le risque de partialité, argumentaient les ressources humaines. Bien entendu, l'entretien chez Confesse était maintenu et le directeur gardait la haute main sur la note finale, mais deux collègues mettaient désormais leur grain de sel, c'est là que tout changeait.

En somme, me suis-je dit lorsque ce *wider feedback* nous est tombé dessus, on va faire de nous des indics et nous ne toucherons même pas un rond pour dénoncer le voisin… En somme, cela alimentera, encouragera ce que le philosophe Thomas Hobbes a nommé « la guerre de tous contre tous », laquelle, disait-il, définit l'état naturel de l'homme.

Je devais donc désigner l'un de mes procureurs. Qui choisir ? Sur le coup, j'ai calé, car je n'appartenais à aucune coterie. Un soir, chez moi, j'ai noté tout un tas de noms sur une feuille de papier de format A4 et j'ai réfléchi, en me disant qu'au même moment, d'autres faisaient sans doute la même chose, inscrivant mon nom, pesant le pour et le contre puis le rayant, ou non. J'y ai consacré une bonne heure, passant au crible les animosités des derniers mois, les coups en dessous de la ceinture, les plaisanteries, les déjeuners communs, les sourires torves et les sourires plus francs. Après avoir biffé plusieurs noms, il n'en est resté que deux, Martin Prételat et Antoine Doumenc. Deux chic types, *a priori* inoffensifs, bienveillants sans être pour autant des amis.

Au bout du compte, je me suis décidé pour Prételat, mais je ne saurais pas dire au juste pourquoi. À bien y réfléchir, peut-être ai-je éliminé Doumenc parce qu'il me paraissait un peu trop sans reproche, ce qui finissait par éveiller mes soupçons.

Autant dire que j'appréhendais cet exercice. Celui que je venais de désigner aurait à évaluer non seulement mes points forts mais aussi les failles de mes « performances », puisque c'était le mot utilisé pour parler de notre travail. Il fallait s'y faire, nous étions devenus des chiens savants dressés à faire le beau sur les pattes arrière. Les avis recueillis devaient aider nos *managers* à avoir de nous une image « réaliste et plus complète », avait précisé la direction en puisant dans ses trésors de rhétorique.

J'ai fait connaître mon choix. Sans que nous nous soyons concertés, Martin m'a désigné également pour évaluer son travail. « Nous allons nous neutraliser », m'a-t-il glissé sur un ton léger et avec un sourire, car c'était le temps où Prételat avait (encore) le sourire. J'aimais bien Martin, toujours franc du collier, qui marquait plutôt mal dans le milieu du journalisme parisien mais qui, avec sa gentillesse, s'en tirait toujours à bon compte ; les autres, les cyniques, les ambitieux, devaient trouver en lui une source limpide où se reposer, se rafraîchir, se rappeler le bon vieux temps où les relations humaines ne se résumaient pas à la guerre de tous contre tous. Et limpides, les pensées du gaillard l'étaient, je dois le dire : on voyait en elles comme d'une barque on aperçoit le fond d'un lac de montagne.

Plusieurs jours durant, des plaisanteries ont fusé dans la rédaction pour tourner en dérision le *wider feedback*, signe que nous étions dans nos petits souliers. Avec le choix de Prételat, une partie de mes inquiétudes s'étaient cependant apaisées. Sauf que, au beau milieu d'une insomnie, je me suis souvenu qu'il m'avait pris en défaut quelques mois plus tôt, un soir où j'avais oublié de relire et d'envoyer aux abonnés un long article sur un mouvement de grève. J'avais terminé mon service en fin de soirée et transmis les consignes à Martin, de corvée de nuit, après quoi j'avais regagné benoîtement mes pénates. Le lendemain matin, terminant son service, Prételat m'avait écrit ce SMS : Tu as oublié hier soir d'envoyer le truc d'Aline. M'en suis rendu compte en fin de nuit, quand ses infos étaient dépassées. J'ai préféré l'effacer pour que ça ne te retombe pas dessus. La bienveillance de Martin m'avait sauvé et je n'avais pas eu à pâtir de mon oubli. Aline, en repos ce jour-là, ne s'était aperçue de rien. Après avoir fait profil bas durant vingt-quatre heures, je m'étais senti tiré d'affaire. Mais maintenant ? Maintenant que Prételat allait devoir remplir la section « points faibles », n'allait-il pas devoir s'en souvenir ? Bien sûr, il était la crème des hommes, mais avec le *wider* machin, il était tenu de me trouver des défauts.

Et moi, quelles réserves allais-je émettre sur lui ? Ne relever aucun point faible paraîtrait suspect, déprécierait les points forts... Sur le coup, je ne m'en suis pas formalisé, mais, peu à peu, les pensées se sont mises à tourner sans trouver d'issue. Devais-je me concerter avec lui, lui demander quels travers il m'autorisait à mettre en exergue ?

« Quelle pétaudière, a expiré Martin en observant les dalles du lino, lorsque nous en avons parlé.

– Tu l'as dit... On est en plein théâtre de l'absurde... » ai-je embrayé en détaillant à mon tour les motifs du lino.

Non, nous ne nous concerterions pas, avons-nous fini par décider (« Car si ça venait à se savoir... » a soupiré Martin, qui n'était pas ce qu'on appelle un foudre de guerre. Et à propos de guerre, il a continué avec ces mots : « On se croirait pendant l'Occupation, tiens, à devoir dénoncer... Être obligé de pointer les défauts de types qui font de leur mieux, dans le stress, obligés de tout torcher à toute blinde, ce n'est vraiment pas chouette... »).

Restait une inconnue de taille, pour laquelle les jeux étaient incertains : le ou la second(e) collègue appelé(e) à me juger – celui ou celle qui serait désigné(e) « impartialement » par la direction. Les premières plaisanteries à ce sujet (j'avais remarqué que l'humour apparaissait chez nous à la façon d'une réaction cutanée, comme un symptôme de la peur) ont pris pour cible notre couple de mariés, les époux Bertin, Bruno et Nadège, qui travaillaient l'un et l'autre au service matières premières, s'étaient rencontrés chez Mondo quinze ans plus tôt, et dont on disait depuis quelque temps que les relations n'étaient plus au beau fixe. De là à imaginer Lanquetot soumettant le mari au *wider feedback* de sa tendre épouse, et vice versa… Ce scénario, qui n'avait aucune chance de se concrétiser, fit néanmoins sourire les plaisantins.

Les Bertin étaient la seule union déclarée, sanctionnée par les liens sacrés du mariage, dans les bureaux de Mondo. Il existait toutefois d'autres variétés de couples, éphémères, clandestins, fantômes, inconnus de la plupart d'entre nous et *a fortiori* de la direction. Une rumeur tirait parfois l'un de ces couples de l'obscurité, brièvement, jusqu'à ce que la légende urbaine suivante, braquant les projecteurs sur une autre histoire, le replonge dans la pénombre et l'y oublie.

Aïe ! ai-je pensé en découvrant un mail de Lanquetot m'annonçant sur qui s'était porté son choix. Je ne pouvais vraiment pas l'accuser de me jouer un tour ; malgré son passé de grand reporter, Lanquetot était généralement le dernier informé des rumeurs à la rédaction, passant ses journées en vase clos dans ce qu'on appelait le « bocal » – son bureau vitré dans lequel il bougeait beaucoup moins qu'un poisson rouge. J'ai été à deux doigts d'aller le voir pour lui dire tout de suite que non, ce n'était pas possible. Pas elle. N'importe qui, mais pas elle. Je devais absolument le mettre sommairement au courant de mon passé avec Aline afin qu'il comprenne l'ampleur de ce qui risquait de me tomber dessus s'il ne désignait pas quelqu'un d'autre. N'importe qui.

Après un petit moment de panique, je me suis ravisé. Non, ne lui dis rien. Lanquetot était susceptible de se braquer contre mon ingérence. Me confier à lui ne servirait à rien. Mieux valait faire le dos rond, garder mon passé pour moi.

Quel passé, au demeurant ? Oh ! rien qui méritât de figurer dans un manuel d'histoire. Mon aventure avec Aline remontait à deux ans. Elle avait été brève et tranchante, si brève qu'elle n'avait pas eu le temps d'accéder au rang de rumeur. Deux petits mois... Plaie mal refermée, feu mal éteint. « Une erreur de casting », comme elle me l'avait dit elle-même avec le tact qui la caractérisait. Cette histoire correspondait à la période de son arrivée chez Mondo, lorsqu'elle cherchait encore ses marques et avait jeté son dévolu sur moi ; à moins que ce ne fût le contraire, mon instinct ayant senti une proie fragile ? Blessure toujours vive, quoi qu'il en soit, d'autant plus que, avant de s'éloigner, Aline câline avait su me rendre dépendant d'elle, et j'avais beaucoup de mal à chasser mes souvenirs non pas des nuits de Chine, comme dans la chanson, mais de mes nuits d'Aline.

Pour ma malchance ou ma chance, j'étais présent le jour où elle avait fait son apparition dans nos bureaux, jour de pluie tropicale où elle avait eu le bon goût d'oublier son parapluie. L'entrée d'Aline Huntziger, avec sa coupe garçonne trempée et le reste de sa personne à l'avenant, si bien qu'on aurait dit qu'elle sortait d'un concours de T-shirts mouillés, n'était pas passée inaperçue ; certains la racontaient encore. Son esprit vif et taquin, un charme rehaussé par un léger strabisme voilé par des boucles brunes, et puis sa taille de guêpe avaient eu raison de ma méfiance.

Si l'amour est une affaire de pouvoir et de tactique, il n'avait guère fallu deux mois, ensuite, pour que ladite affaire tourne à mon désavantage ou plutôt, pour être franc, à ma déroute. En faisant alors assaut d'indifférence et de négligence, Aline avait mis sans explication un terme à ce que, dans une formule vénéneuse, elle avait donc appelé « une belle erreur de casting ». La force était de son côté – la force d'inertie de son silence, qui lui donnait l'ascendant sur moi. Blessé par ce lâchage quasi muet, cet éloignement *sans motif valable*, j'avais tenté de réagir par des messages, des lettres et des échanges téléphoniques. Une fois que j'insistais un peu trop pour que reviennent les jours heureux, elle m'avait cloué par écrit d'une formule dont elle avait le secret : « Il faut vraiment prendre son mâle en patience. » Au fur et à mesure que j'insistais pour obtenir des explications, mes mots s'étaient teintés de colère. En plein état de sidération, je mendiais des raisons ; face à son silence, mes paroles avaient alors dépassé les limites de ce qui peut se dire. S'il existait un code pénal de l'amour, il aurait certainement permis au juge instruisant notre affaire de conclure que le droit dont, initialement, je pouvais me prévaloir était passé dans le camp d'Aline, car ma réponse avait été nettement disproportionnée. J'aurais pu être condamné pour excès de véhémence.

Depuis lors, c'est-à-dire depuis deux ans, un écran invisible, hérissé de tessons de rancœur, m'isolait d'Aline. Elle ne me gratifiait guère que d'un « bonjour », dans les cas où elle ne pouvait s'y soustraire. Le plus dur avait été pour moi de cohabiter avec elle au sein du même service, jusqu'à ce que, au bout d'un an et demi de démarches, elle soit enfin mutée au service politique, première marche de son ascension dans la profession – comme elle m'en avait exposé le plan du temps où nous nous parlions. Car Aline était ambitieuse, elle voulait « monter toujours plus haut ». Je pouvais toujours espérer que, ce rêve pour partie réalisé, elle nourrisse moins de rancœur à mon égard, mais lorsque mes paroles tranchantes me revenaient en mémoire je me mettais à en douter. Et ces paroles, je craignais tout particulièrement qu'elles ne se retournent maintenant contre moi.

Trois semaines, les plus lentes que j'aie jamais connues dans cette vie, se sont étirées entre le moment où les petits rapports du *wider feedback* ont été rédigés et celui où chacun a passé son entretien avec Lanquetot ou un autre supérieur. Durant cette attente, je me suis surpris à douter de Martin. Je n'aurais trop su dire pourquoi, en fait. Peut-être, comme certaines munitions anti-bunker, le doute parvient-il à perforer les meilleures résistances ? Étais-je vraiment certain que Martin n'allait pas me charger ? Avait-il vu en moi ce qu'il n'aurait pas dû voir ? Vrai, rien ne me disait qu'il ne cachait pas bien son jeu et n'allait pas chercher à me savonner un peu la planche... Pire : ne seraient-ils pas deux à me la savonner ? Aline tenait sa vengeance, après tout. Si elle m'en voulait toujours pour les mots que je lui avais jetés à la face, c'était le moment...

À bien y réfléchir, c'est Noguès qui eut l'avis le plus perspicace sur ce qui nous tombait dessus. Le *wider feedback*, me dit-il alors que, pendant cette attente, je lui confiais mes appréhensions, n'était pas destiné à nous nuire individuellement – pas pour l'instant. Son objectif était plus lent et clandestin : instiller à faibles doses un poison dans les rapports humains, appelé « suspicion ».

Le visage de Lanquetot, au moment de me faire passer l'entretien, n'augurait pas de la fin du monde. Comme chaque année, j'ai dû lui dire si j'avais atteint, dépassé voire « explosé » mes objectifs, *exceeded, overexceeded*, et je m'en suis fixé de nouveaux pour les douze mois à venir. En somme, j'ai fait le dos rond. J'ai joué le jeu. Après un laïus désespérément creux et d'autres généralités, le tout récité sur son ton bienveillant, Lanquetot m'a annoncé ma note globale : pratiquement la même que l'année précédente, un six et demi. Sans rien en laisser paraître, j'ai poussé un ouf de soulagement. Le *wider feedback* n'avait rien changé pour moi, Noguès était sans doute dans le vrai. Les rapports établis par Prételat et Aline ne me seraient pas communiqués, mais, manifestement, aucun d'eux ne m'avait saqué. Elle aurait pu se venger, elle ne l'avait pas fait. Et Martin n'avait pas dû mentionner l'incident de la synthèse. J'avais tremblé pour rien trois semaines durant. Quant au demi-point gagné, il m'intriguait. Je n'en finissais pas de m'interroger sur lui. À quoi ou à qui le devais-je ? À la sympathie de Prételat ? Je n'imaginais pas Lanquetot rehaussant son niveau de satisfaction à mon égard. Aline ? Je n'osais formuler une telle hypothèse, mais... Et si la surprise venait de son côté ? J'ai été à deux doigts d'éprouver pour elle une manière de reconnaissance, derrière un épais voile de rancœur. Qu'avait-elle pu dire de moi, et qu'avait-elle ressenti en le disant ?

Rien, sans doute. Je n'en saurais jamais rien. Nous n'échangions aucun mot. C'était *business as usual* pour elle, avec comme légende : Tu ne mérites pas mon mépris.

La plupart des autres s'en sont tirés correctement. Oui, Christophe Noguès avait vu juste, personne n'avait été enfoncé et, d'une certaine façon, notre soulagement pérennisait le *wider feedback*. Regardez, dirait-on aux grincheux, nul n'a eu à en pâtir. Quant à la nouvelle règle voulant que dix pour cent des effectifs écopent de notes très basses, elle n'avait pas été appliquée à Paris.

Pour la première fois, cependant, on signalait une note inférieure à la moyenne : un quatre, ce qui n'avait rien d'infâmant mais résonnait comme un coup de semonce. C'était Berniquet, Olivier Berniquet, qui en avait écopé. Motif avancé par le chef de service qui lui avait fait passer l'entretien : « Tu travailles beaucoup trop. On te demande moins, c'est pourtant simple ! Concentre-toi sur l'essentiel ; on n'a pas besoin de stakhanovistes. »

Aline s'en est sortie avec la meilleure note de la rédaction, un huit qui lui assurerait tôt ou tard de gravir je ne sais quels échelons.

*

La mise en œuvre du *wider feedback* a coïncidé avec l'instauration d'un autre raffinement conçu outre-Atlantique : en vertu d'une nouvelle méthode de *management*, qui ne touchait pas notre service, tout reporter était tenu désormais de décrocher chaque mois un nombre prédéterminé de scoops. En vertu de l'inoxydable règle de la carotte et du bâton, un système de primes était instauré pour celles et ceux qui atteindraient, voire dépasseraient, leur quota mensuel. Notre direction parisienne, non plus que le Siège, n'a pas spécifié ce qui arriverait à ceux qui n'atteindraient pas la norme.

Le résultat de cet oukase ne s'est pas fait attendre. Plus personne n'a communiqué ses sources à ses collègues.

Chacun s'est muré dans le silence, de crainte que l'autre n'obtienne une info avant lui. Et si mon voisin était sur la même piste que moi ? On s'éloignait pour téléphoner à ses informateurs. On cherchait un lieu isolé – la cage d'escalier, que personne n'empruntait sinon une sylphide comme Aline, obsédée par sa ligne, ou bien la terrasse du septième, pour laquelle un ciré jaune était recommandé : battue par les vents, souvent arrosée, elle était l'apanage des fumeurs en temps normal. Un jour, Aline s'est mise à hurler à travers la rédaction contre Berniquet, qui n'a absolument pas compris sur le moment ce qui lui valait cette volée de bois vert. Pauvre Berniquet, souffre-douleur, bouc émissaire... Pour une fois que ce n'était pas moi qui faisais les frais d'Aline... Toujours est-il qu'elle venait de raccrocher le téléphone, au bout duquel elle avait eu un *dircab* sur le projet de réforme des retraites. Après l'avoir écoutée poliment, le *dircab* lui avait répondu sur le ton de l'ironie agacée qu'un journaliste de MondoNews l'avait interrogé sur le même sujet pas plus tard que la veille. « Je lui ai répondu en détail. Vous n'êtes pas au courant ? Olivier Berniquet... Il ne vous en a rien dit ? Je vous renvoie à lui. La prochaine fois, coordonnez-vous un peu mieux... » Aline avait battu en retraite à coups d'excuses et raccroché, humiliée.

C'est bien l'unique fois que j'ai vu Aline, farouchement sarkoze-hyène (ce qui n'avait pas contribué à renforcer notre liaison), se plaindre aux syndicats d'une décision de la direction.

Je n'ose écrire de nouveau que les syndicats n'ont pas bronché, sinon en noyant mollement le poisson. Outre Aline, bien d'autres ont émis des critiques pertinentes, mais ils l'ont fait en aparté. Il faut dire, à la décharge de ceux qui ne persiflaient qu'en privé, et jamais devant nos chefs, que lorsque nous nous risquions à jouer les Gaulois récalcitrants les chefaillons nous répétaient avec une constance qui les honorait :

1) que le monde avait changé ;

2) que nous devions nous adapter ;

3) que la concurrence était devenue plus rude dans un marché atone ;

4) que la mondialisation était passée par là et qu'il fallait faire avec, qu'on le veuille ou non ;

5) et que, au cas où nous n'aurions pas capté à la première écoute, le monde avait changé.

Bref, il ne fallait pas regarder l'avenir dans un rétroviseur, ressassaient-ils en nous servant quantité de mantras du même tabac, propres à nous faire passer pour ce que nous étions : des dinosaures réticents à s'éteindre. Subrepticement, efficacement, ils laissaient entendre que nous n'étions plus utiles.

VI

Dans la salle d'attente de ces pages, plusieurs personnages s'impatientent. Le moment va venir de lever les grilles et de les faire entrer l'un après l'autre dans l'arène. Rétiaires, mirmillons, hoplomaques et autres types de gladiateurs, ils ont hâte d'en découdre dans l'espoir d'être le plus fort, celui qui domine et survit un peu mieux que l'autre. Des mâles, pour l'essentiel, des mâles alpha, mais pas seulement. On le sait moins, mais il exista aussi des gladiatrices, chargées d'affronter à mort d'autres femmes, quand ce n'étaient pas des animaux de compagnie – léopards, lions, rhinocéros.

Jérôme Bouffet et Enguerrand Audet sont les plus pressés d'entrer en scène. D'autres, comme Pascal Laure, sont déjà à l'œuvre dans les coulisses du cirque et n'éprouvent pas le moindre besoin de paraître au grand jour. Pascal Laure, pour son aptitude aux calculs à froid, pour sa capacité à avancer ses pions sans que l'adversaire s'en aperçoive, m'a toujours rappelé un personnage de ce film qui passait souvent à la télé à la période des fêtes, quand j'étais enfant : *Docteur Jivago*. Bouffet et Audet feraient bien de s'inspirer de ses qualités manœuvrières : plus il se montre discret, plus il grenouille.

Je prie Audet et Bouffet d'avoir encore un brin de patience. Ils ne vont pas tarder à donner le meilleur d'eux-mêmes, car nous voici maintenant en novembre, neuf mois avant mon départ de Mondo ; ce qui était simple rumeur les semaines précédentes ne l'est plus depuis quelques heures. Jusqu'alors éthéré, invisible, le pire a entrepris de se matérialiser. La sentence vient de tomber pour Londres et Madrid. Le bureau britannique devra réduire ses effectifs d'un tiers d'ici la fin de l'année ; du jamais-vu dans l'histoire de la boîte. Quant au bureau madrilène, moins important en termes d'effectifs, il est touché de plein fouet : la moitié de ses journalistes et de ses photographes devront dégager le plancher.

Quid de Paris ? Aucune décision n'a encore été prise, assure-t-on, même si pour certains la chose est entendue : notre tour viendra. Nous voici sonnés. Les habitants d'une *ville ouverte* attendant d'une heure à l'autre l'entrée de l'armée ennemie doivent être à peu près dans le même état d'esprit.

À quarante-huit ans, Cédric Langlois a charge d'âme (trois gamins à l'école primaire), un gros emprunt sur le dos – encore douze ans à rembourser son quatre pièces – et des démêlés juridiques avec des voisins chinois. Il est le premier à quitter la salle d'attente car il a un avis sur la situation, ce qui n'a rien d'étonnant : Langlois a toujours un avis sur la situation et une envie pressante de le faire connaître. Il lui arrive d'ailleurs d'avoir des analyses justes et, comme il vise parfois en plein dans le mille, nous l'écoutons : on ne sait jamais. À vrai dire, je l'aime bien. J'aimerais avoir sa faconde. Avec son tour d'esprit rusé, il vendrait des radiateurs sous l'équateur, Langlois, et son affaire marcherait du feu de Dieu. Ce jour de novembre, alors que nous sommes sous le coup des annonces, il est le seul à tempérer mon inquiétude. Il nous croit à l'abri. « Avec le droit français, ils n'oseront pas s'attaquer à nous. Il leur faudrait sortir beaucoup de pognon et ça, ils n'aiment pas... » Soit. « Ils se limiteront à quelques mises à la retraite anticipée... Et puis le marché français n'est pas le même que celui de l'Espagne ou de l'Angleterre... On a beaucoup plus de clients parmi les médias, et s'ils taillaient dans nos effectifs on perdrait vite plein de contrats. » L'argument porte, et pourtant, ce matin-là, mon anxiété s'accorde plutôt à la célèbre réplique selon laquelle « Les cons, ça ose tout. C'est même à ça qu'on les reconnaît ». Et je les crois capables de tout, nos cons maison, y compris de débourser des sommes astronomiques en sachant qu'ils perdront des contrats au passage.

Élise, avec qui je déjeune ce jour-là, quitte à son tour la salle d'attente. J'aime les moments partagés avec Élise

Flavigny et son rire étrangement grave. De l'entrée au dessert, je pars avec elle à la découverte d'une classe sociale hors sol, dont les codes m'amusent : la haute bourgeoisie. Avec ses yeux bleus et son sourire à la Claudia Cardinale, Élise s'offusque à mots feutrés de la brutalité avec laquelle on nous traite, mais comment s'inquiéterait-elle pour l'avenir, elle qui se rend au travail pour avoir un peu d'argent de poche ? Son champ lexical trahit son milieu et je dois dire que ça m'émoustille : quelque chose en moi m'a toujours poussé à tendre la main à l'ennemi, à vouloir fêter Noël avec la tranchée d'en face. Écoutons-la : Élise ne parle pas de lieu de vacances, mais de « villégiature », elle ne loue jamais un gîte ou une maison, non, plutôt une « demeure ». Élise est plutôt Ré qu'Oléron, plus Luberon que monts d'Arrée, et jamais ne se déplace en train, pas plus qu'elle ne prend le métro : la BMW de monsieur, qui est dans les affaires, lui évite la « boîte à sardines » du TGV. Élise a grandi dans les beaux quartiers de Bordeaux et ses aïeux ont sans doute traversé certaines pages de Mauriac. Leur descendante a des lèvres d'une beauté inquiétante, qui aiment prononcer « maison de rapport » ou « voiture de place », des formules, des expressions qui ne me viendraient jamais à l'esprit. Et puis Élise ne connaît aucun superlatif. Reconnaître qu'un livre, un film ou un acteur est formidable ou exceptionnel serait déchoir ; rien ne trouve totalement grâce à ses yeux : un film sera « plutôt charmant », un roman « assez réussi ».

Et Élise sourit quand j'admets qu'un terme rare m'est inconnu. L'avouer ne me fait guère rougir, à vrai dire, car je m'amuse du ton qu'elle prend pour m'en donner la définition. Elle m'aime bien, Élise, parce que je taquine la muse avec les quelques plaquettes de poésie à mon actif, sans oublier les trois nouvelles que j'ai publiées dans des revues introuvables. C'est qu'Élise lit, et je dois reconnaître qu'elle a du goût ; elle aime se perdre dans la forêt profonde des mots, mais j'ignore si elle-même écrit. Elle ne me cache pas en revanche que, si nous devions être licenciés, elle n'aurait aucun regret à partir car elle pourrait, comme elle dit, s'adonner pleinement aux « choses de l'esprit ».

De temps à autre, l'espièglerie d'Élise Flavigny laisse place à une assurance et un sérieux innés, comme si des éclaircies et des ombres se succédaient rapidement sur son visage ou comme si du sang bleu circulait sous son teint de porcelaine. Ses traits ont alors quelque chose de hautain, de froid. Dans les années 20, j'en suis certain, Élise aurait porté un chapeau cloche orné d'un nœud, dont auraient dépassé ses longues boucles blondes. Elle aurait disputé des matches de tennis à l'hôtel Chantarella, à Saint-Moritz, dans une jupe plissée sous laquelle auraient couru deux jambes sans fin. Mais, pendant les Années folles, nous n'aurions pas déjeuné ensemble.

Je me suis toujours dit que, à sa façon, Élise vivait à très haute altitude, au-dessus du monde, et je m'amuse sans le lui montrer de la voir jouer la comédie du bonheur. Elle a toujours aimé mettre en scène son idylle familiale. « La semaine prochaine, nous partons voir notre aîné, Gaétan, qui a un poste de directeur commercial à Nantes. » Et de me montrer des photos d'elle et de son époux, le mois dernier, chez leur cadette à Toronto, où elle débute chez Vivendi. La famille aux chutes du Niagara, la famille dans l'estuaire du Saint-Laurent, scrutant les bélugas... « On a eu une chance incroyable, notre catamaran les a littéralement frôlés ! »

Avec ses photos, Élise me rappelle une amie québécoise célibataire qui ne supportait pas la comédie du bonheur. Comme toutes ses connaissances exhibaient leurs photos de vacances en compagnie de leur « époux » ou de leur « compagnon », elle partait en voyage avec un officier de la police montée... en carton, qu'elle avait surnommé George, je crois. Chaque fois qu'elle se faisait prendre en photo devant un site célèbre – Colisée, Parthénon, Pain de Sucre, Statue de la Liberté... –, elle tirait George du sac à dos, dépliait la photo en pied de George collée sur du carton et lui passait un bras à la taille. Inutile de dire que, dans son uniforme rouge et sous son chapeau, George, avec sa mâchoire carrée, affichait un sourire impeccablement viril.

Après la bouffée d'air de mon déjeuner avec Élise, le retour est rude dans les miasmes de la rédaction. Les mines se sont assombries. Dans la foulée de Londres et de Madrid viendra notre tour, tout le monde en est persuadé. Ils arriveront chez nous pour dégraisser. À leurs yeux, nous, les salariés, nous ne sommes que de la graisse. Le cholestérol du capitalisme. Son *mauvais* cholestérol. Les élus syndicaux parlent de coordination avec d'autres bureaux européens et d'une grève de solidarité le jour où Madrid et Londres débrayeront. Ils se disent en contact avec leurs *alter ego* espagnols et britanniques. Assisterait-on à un début de mobilisation ? Je n'ose y croire. Ce serait donner une belle leçon aux Britanniques, tiens, car rue Montmartre la partie anglophone de la rédaction n'a jamais brillé par sa solidarité envers nous. Bien que souvent bilingues, les journalistes d'outre-Manche ou d'outre-Atlantique feignent d'ignorer comment se dit « *Good morning* » en français. Nous sommes transparents. Ils nous croisent sans nous voir. Nous ne nous matérialisons que dans un cas – s'ils ont besoin d'un renseignement. Pour la plupart, ils ne connaissent rien à la France et n'ont pas envie de creuser le sujet ; les deux trois années qu'ils ont à passer à Paris ne sont qu'une antichambre dans leur carrière, avant une mutation vers des postes plus recherchés comme Londres ou Washington. Quand ils ont besoin de nous, donc, ils nous voient de nouveau, mais comme on fait appel à des domestiques ou à des cipayes ; après quoi, nous redevenons flous, puis invisibles... Pour ne pas se gêner entre eux, ils viennent passer leurs coups de fil dans la section de l'*open space* que nous occupons, nous, les *Frenchies*. Et nous avons beau émettre des raclements de gorge ou leur adresser des signes de mécontentement, rien à faire : leurs radars ne nous accrochent pas. Ils continuent de parler d'un air soucieux, les yeux vers l'horizon. « Tu verras, un jour, ils viendront déféquer chez nous », me glisse Franck, narquois.

Aussi avons-nous appris à nous méfier d'eux. Ils suscitent l'animosité. Ils sont notre cible favorite, avec des blagues comme celle-ci :

« Pourquoi dit-on que le soleil ne se couchait jamais sur l'Empire britannique ?

– Parce qu'on ne peut pas faire confiance à un Anglais dans l'obscurité. »

Nous citons aussi Swift l'Irlandais : « Brûlez tout ce qui vient d'Angleterre, sauf le charbon. »

Après les annonces sur Londres et Madrid, suivent des journées d'attente, en mode « drôle de guerre ». Difficile de capter des informations dans cette rédaction d'ordinaire bruyante mais dont la bande-son, désormais, rappelle un film célèbre du commandant Cousteau. Ce mutisme ne m'inspire rien de bon.

La semaine suivante, je suis à bout de patience. Mon sommeil était très fragmenté depuis des années, voilà qu'il ne l'est plus du tout : mes dernières nuits ont été blanches, impeccablement, et je ne tiens plus debout.

Irritable, pour ne pas dire à cran. À la machine à café, j'alpague Hervé Deslaurens, un des élus syndicaux :

« Alors Hervé, *quid* de la grève de solidarité avec Madrid et Londres, dont il était question ? »

Il n'a pas l'air le moins du monde embarrassé, en prenant son gobelet dans quoi la machine a pissé un *ristretto*, pour m'annoncer que, tout bien réfléchi, l'idée a été abandonnée.

« Tu plaisantes ? Comment ça ?

– Les gens ne sont pas prêts à faire grève... Il vaut mieux garder nos cartouches pour plus tard, on en aura amplement besoin le moment venu. »

Son front plissé lui donne effectivement un air réfléchi. Celui du gars qui a pesé le pour et le contre durant ses insomnies, et qui ne tranche pas à la légère. Pas prêts pour une grève de vingt-quatre heures, les gens ? Ça sort d'où, ça ? Un crocodile s'approche de nous, et tout ce que nous trouvons à lui opposer, c'est notre immobilisme, au lieu de saisir une arme et d'ouvrir le feu tant qu'il est temps ? Tout à coup, une trappe s'est ouverte sous mes pieds, impossible de trouver un argument. J'espérais cette mobilisation de solidarité, ce coup de gueule, j'imaginais déjà un combat viril, une équipe soudée. Cela aurait été un garde-fou formidable pour éviter que l'esprit ne flanche. Mais comment n'y avais-je pas pensé ? Avec un salaire mensuel net de quatre ou cinq mille euros, comme c'est le cas de beaucoup d'entre nous, on est vraiment dans le besoin ; se priver d'une journée de travail, c'est aussitôt l'hypothèque de la résidence secondaire, la clochardisation qui vous guette... Le pire, c'est que l'analyse de Deslaurens est certainement fondée et je ne lui en veux pas, il a dû questionner les uns et les autres... Oui, il a fait ce constat à froid et, en tant qu'élu, il n'a pas à dire ce qu'il en pense. Plus vous gagnez d'argent et plus une journée de grève creuse un trou dans votre salaire, vrai, alors qu'un smicard a beau débrayer des jours entiers, cela ne changera pas grand-chose à son compte en banque, puisqu'il ne gagne presque rien... Voilà que je deviens cynique ! C'est que j'enrage, tout à coup. On parle *des* Continental, *des* Bridgestone, *des* ceci et *des* cela qui ont débrayé dès lors que leur avenir était en péril, mais une chose me paraît certaine : on ne parlera jamais des MondoNews... Être surpayé et craindre de perdre une journée de salaire !

Je me lance enfin. Ma colère se mue en mots et j'objecte que « Si nous ne manifestons pas notre solidarité avec Madrid et Londres, personne ne se lèvera pour nous soutenir quand nous serons démolis à notre tour. Tu as vu ce qui se passe en ce moment chez Bridgestone, à Béthune ? La direction n'a pas investi un centime dans l'usine pendant dix ans et elle vient dire maintenant aux ouvriers qu'elle est obsolète, qu'il faut la fermer au plus vite et transférer l'activité en Pologne ou je ne sais où... Il nous arrive la même chose, ici : ceux qui dirigent cette boîte à Seattle n'ont aucun égard pour notre vie. La vie, ils la délocalisent où bon leur semble, c'est-à-dire là où elle ne leur coûte rien. Là où le travail, c'est l'esclavage pour une poignée de roupies ou de złotys ».

Cette tirade achevée, je me tais, certain de l'avoir ébranlé. Son *ristretto* à la main, Deslaurens hausse les sourcils et ébauche un sourire en signe de – j'ignorerai en signe de quoi car notre échange est interrompu par l'arrivée de Touchon, un gars du service photo avec qui il se met à discuter de la rencontre Metz-PSG. Deslaurens cultive sa popularité d'élu comme ça : en passant en revue les sujets consensuels sur le ton qu'il faut, mielleux, plaisant ; ce n'est pas le moindre de ses talents. Ce quadragénaire au verbe haut peut se muer en chien fou et parler foot avec passion, multiplier les mots d'esprit pour mettre les rieurs de son côté. D'un calme olympien, un sourire en coin, il a toujours, en habile rhétoricien, des arguments inattendus à sortir de sa manche lorsqu'on le croit acculé, et sans doute est-ce l'un d'eux qu'il m'aurait réservé sans l'irruption de Touchon. C'est qu'il a de la technique, Hervé, et il le sait ; sans compter qu'il porte beau avec sa crinière blonde, et se montre charmeur au besoin. Je n'aime pas trop me trouver en désaccord avec lui car il se révèle généralement le plus fort. Il me balade et je finis tôt ou tard par me rendre à ses arguments après avoir épuisé mes cartouches.

Ce jour-là, pourtant, je suis sûr de mon fait et les laisse tous deux à leur Metz-PSG, mais impossible de me concentrer par la suite. Ça tourne en boucle. L'inertie de Deslaurens m'a désarçonné et je me sens bizarre, amer. Privé de garde-fou, comme attiré par l'abîme qui nous attend. Le soir, en quittant le bureau, je marche au lieu de plonger dans le métro. Besoin d'air. Mon corps avance en somnambule, traverse les jardins des Halles, s'arrête quand il le faut aux passages piétons. J'ai l'impression que le sol se dérobe sous mes pieds, comme si une part de moi sombrait. Que croient-ils ? Que chacun s'en tirera mieux que le voisin ? Le moment serait venu de poser les outils. D'observer une grève illimitée jusqu'à ce que le Siège cède… Cédric Langlois s'est rangé à mon avis, mais d'autres ont affiché des mines sceptiques quand j'ai parlé de ça. Tout arrêter, non pas pour une durée symbolique de vingt-quatre heures, qui permettrait à la direction de réaliser des économies sans en pâtir, mais *ad nauseam*. « Cela ne pourrait marcher que si tout le monde suivait le mouvement, et ça, ici… a objecté Prételat en levant les yeux au ciel. J'aime bien cette solution, mais malheureusement je n'y crois pas… » Doumenc s'est montré encore plus sceptique : « Ça ne ferait même pas plier la direction. Tu sais bien : quand ils ont un projet en tête, pas moyen de les arrêter. » Alors quoi ? Ne rien faire ? N'aurons-nous pas honte de nous-mêmes, après ? Parfois, je me maudis, moi et mes belles idées qui me font mal. J'aurais dû faire président de la République ou chauffeur de taxi, avec mes avis tranchés et mes solutions clé en main. Suivre des études de gourou ou de prophète plutôt que de journalisme. Qu'attend-on pour me bombarder à la tête de la planète, puisque j'ai réponse à tout ? Je me remonte les bretelles sans ménagement : Ta gueule, Aurélien ! Arrête de sauver le monde !

VII

Ce qui s'est produit par la suite est pour le moins curieux : il ne s'est rien passé.

Novembre s'est écoulé laborieusement, après quoi, comme il fallait s'y attendre, nous sommes entrés dans décembre. Je crois que tous, à des degrés divers, nous étions sur le qui-vive. Le doigt sur la détente, nous progressions vers l'avenir avec la plus grande prudence, comme si les heures dans lesquelles nous pénétrions petit à petit étaient ou piégées, ou minées. Un argument revenait cependant dans nos conversations : « Ils ne vont pas dévoiler leurs intentions maintenant, à quelques jours des fêtes. Ils vont nous laisser tranquilles, et lorsque la trêve des confiseurs sera passée ils nous casseront les reins sans état d'âme. »

« Ils ont déjà fait le coup dans le passé, au moment du plan qui a visé les commerciaux… » renchérissaient certains. Noël : grâce à un messie né vingt siècles plus tôt, ce sauf-conduit calendaire nous garantissait l'immunité pour quelques jours encore. Combien ? Dix ? Quinze ?

Nous avons passé décembre aux aguets, avec une sale petite trouille au ventre. Il n'était pas nécessaire d'avoir l'oreille bien exercée pour reconnaître, en toile de fond de nos conversations, la basse continue de la peur. Nos voix n'avaient plus exactement le même timbre. Une fêlure discrète laissait passer des mots que nous ne pensions pas conçus pour nous, comme *déclassement*, *précarisation*.

Déchéance.

Nous avons pourtant franchi le milieu du mois sans encombre et acheté des cadeaux. Je ne sais plus lequel d'entre nous a installé sur l'imprimante en panne un sapinet en matière plastique dont les petites ampoules versicolores clignotaient timidement sous les néons. Rouge, rien, bleu, rien, vert, rien, rouge, rien... La soirée annuelle de fin d'année a eu lieu comme prévu, sur une péniche des bords de Marne. La direction ne voyait manifestement pas pour quelle raison l'humeur n'aurait pas été à la fête : les derniers résultats trimestriels étaient bons et, dans sa dernière adresse au *staff* des différents bureaux, Sam s'était déclaré *excited* par ce succès tout comme par les *challenges*. Dans notre service, par esprit frondeur, nous avions coutume de boycotter la soirée, mais cette fois-ci, deux d'entre nous y sont allés pour recueillir les rumeurs ou tout autre élément susceptible de nous éclairer sur l'avenir. Or aucune rumeur n'a couru ce soir-là, ce qui n'a pas manqué de nous inquiéter. Tout avait l'air parfaitement verrouillé. Ça n'augurait rien de bon. Ça commençait même à sentir mauvais... Rien ne fuitait depuis un mois, ce qui laissait penser qu'aucun des chefaillons, pas même Lanquetot, n'avait été mis au jus, et cela pouvait avoir deux significations antagoniques : soit qu'il ne se passerait rien, soit que le plan en gestation était tenu top secret dans les sphères supérieures, à Seattle, pour la simple raison que nos responsables risquaient d'en être les premières victimes.

*

Mise entre parenthèses en novembre, la vie a repris son cours cahin-caha. Pour Noël, Émilien et Valentin ont bien voulu venir chez nous. Ils savent que leur mère tient à ce rituel, avoir nos fils à déjeuner le 25. C'est enfin l'occasion de réunir ces deux frères qui, le reste de l'année, ne se voient pas. Valentin, l'aîné, a toujours pris de haut Émilien, trop bohème à ses yeux, Émilien qui, ne l'ayant jamais cherchée, n'a toujours pas trouvé sa voie à vingt-sept ans. Émilien est ma tristesse. J'aurais voulu en faire un gaillard en acier, blindé face au monde. Il me coûte de le voir errer dans l'existence et s'enferrer dans des études gigognes : histoire, socio, et maintenant philo. Comment veux-tu que des matières pareilles t'ouvrent des portes au sein de la Machine, mon ami ? Si tu voulais bien m'écouter… Oui, il me coûte de le voir vivoter d'un poste à mi-temps de pion dans un collège de l'Essonne, qui lui rapporte un fragment de smic, juste de quoi payer le loyer de sa chambre de bonne. Et il m'attriste d'autant plus, mon bonhomme, que je ne le comprends que trop : il se sent rejeté par la Machine qu'il rejette et sait qu'un idéaliste comme lui ne trouvera pas de sitôt un travail autre qu'ennuyeux, répétitif. Émilien campe en marge du monde, attend que la vie passe, sans que rien ne s'y passe. Si seulement il militait quelque part, s'engageait pour une association ! Mais cela aussi lui paraît sans issue, et pour tout dire fatigant. Au fond, je suis un double dinosaure : vis-à-vis de la DRH avec mon salaire de quinquagénaire, et vis-à-vis de la génération d'Émilien qui ne voit plus de différence entre gauche et droite. Et puis, pour bien cocher la case « *has been* », je suis poète dans un pays qui ne lit que des poètes morts, et encore seulement au moment de bachoter.

Comment avons-nous pu, Adèle et moi, engendrer deux enfants aux antipodes l'un de l'autre ? Valentin est d'un naturel pragmatique, il se dit apolitique – donc de centre droit. Un mur invisible m'a toujours séparé de lui depuis sa petite enfance. Comme père, je devrais me réjouir de sa réussite professionnelle : diplômé d'une école de commerce de Lyon, il n'a pas lambiné pour trouver un CDI dans une grande société du Rhône et vit à Vienne avec Anne-Charlotte, consultante en marketing dans la même boîte. Avec leurs salaires enviables, ils ont déjà remboursé les deux tiers de leur pavillon. Anne-Charlotte a même fait l'effort de lire une de mes plaquettes de poésie et de m'en parler gentiment, avec des mots réconfortants.

Les deux frères sont donc venus le jour de Noël, avec Anne-Charlotte, et je n'ai pas parlé de MondoNews avant le café, pour ne pas gâcher l'ambiance. Je voulais me montrer solide, maître de ce qui risquait de m'arriver, père de famille toujours à la barre, avec le moral d'acier qui va avec ; le gars qui s'offre le luxe de tout tourner en plaisanterie… Si j'en crois les réactions, j'ai plutôt réussi mon numéro. Au fond, maintenant que j'y repense, je me dis que je ne croyais pas que *cela* puisse arriver et j'ai présenté la perspective du chômage, du déclassement, comme une improbable facétie du destin. Émilien, tout à ses angoisses existentielles, m'a gratifié d'un sourire de compassion. Valentin a jeté un coup d'œil à sa montre et fait remarquer à Anne-Charlotte qu'il était l'heure de filer à la gare de Lyon s'ils ne voulaient pas rater leur TGV.

Les deux frères se sont quittés pour un an.

Une semaine plus tard, j'ai accompagné Adèle chez ses parents pour le réveillon du nouvel an. J'aurais préféré cent fois rester seul chez nous, télé éteinte. Cela tenait à la situation chez Mondo, mais pas seulement. Nous n'avions guère été chez eux les derniers temps, sans doute parce que depuis quelques années les séjours à Aveline ne sont plus vraiment une respiration, comme c'était le cas avant. Adèle ne suggère plus que nous nous y retirions pour ouvrir un bar-tabac et couler « des jours paisibles ». Avant, cette idée fixe la reprenait comme une névralgie pendant ses phases de lassitude, mais elle lui est passée complètement et, pour être franc, je ne m'en plains pas. L'Aveline de son enfance est aujourd'hui un décor de théâtre livré progressivement à l'abandon. En vieillissant là-bas, les parents d'Adèle sont devenus amers, malgré leur villa cossue et une santé de fer que le passage du temps ne rouille pas. Ils rouspètent leur vie avelinoise, ruminent le bon vieux temps où la France, « c'était autre chose, Aurélien ». Et je dois dire que, si l'on considère qu'Aveline est absolument représentative du reste du pays, ils n'ont pas tout à fait tort.

Nous avons pour habitude de passer chez eux un week-end élargi tous les deux ou trois mois, dans l'espoir d'oublier un peu la capitale et ses Rastignac. Il faudrait beaucoup plus de temps pour effacer tout ça. Une existence n'y suffirait pas et Aveline ne joue plus son rôle de contrepoison. Les premiers temps – je parle d'il y a trente ans –, c'était une petite ville charmante. Mais quelque chose a dû changer dans l'air. La vie a déserté l'endroit et la tristesse y a pris ses quartiers. Mon beau-père Henry incrimine la rocade : depuis sa mise en service, la moitié des boutiques du centre ont fermé leurs portes, sur lesquelles est placardé maintenant « Bail à céder ». C'est que plus loin, derrière une ligne de front invisible, les supermarchés arrimés à la rocade assiègent la localité. Les voyageurs qui empruntent la nationale contournent le centre où l'Hôtel Moderne se meurt place du Marché. Sa modernité est impuissante et ses trois étoiles menacent de s'éteindre définitivement.

« Cette ville, excusez-moi, mais c'est du Zola », expire Henry, qui n'a jamais ouvert un livre de Zola. Il n'a pas vraiment tort, pourtant. Aveline dépérit sans qu'il y paraisse à première vue, de la même façon qu'un poison paralyse le corps sans modifier son aspect. « Pour un rendez-vous chez un spécialiste, c'est la croix et la bannière, déclame le beau-père, qui n'a plus toute sa jeunesse. On ne vous le fixe que dans cinq ou six mois. Bientôt, tout ce qu'on obtiendra, c'est une consultation à distance, avec leur télémédecine. On ne verra qu'un pseudo-toubib syldave sur un écran... »

Je n'ai pas osé leur parler de la situation chez Mondo pendant le réveillon, parce que, au jeu de la victimisation, les beaux-parents veulent toujours gagner, persuadés qu'ils sont d'être les damnés de la terre ; et puis, je voulais échapper à ce que risquerait de me dire Henry – des mots que j'entends avant même que son cerveau ne les formule tant je connais par cœur ses rengaines : « Vous savez, Aurélien, c'est partout pareil, aujourd'hui. Mais dites-vous bien que l'avenir appartient à ceux qui se prennent en main et savent rebondir ; les autres n'ont que ce qu'ils méritent, au fond. »

Inutile de préciser qu'Henry Montalivet vote à droite depuis la nuit des temps. Une douzaine d'années après la mort de celui-ci, il vénère toujours Raymond Barre, « cet homme posé, parangon de modération ». Après une courte pause, Henry poursuivrait sans doute sur sa lancée : « On plaint toujours les pauvres, pour se donner bonne conscience, parce qu'on est tous plus ou moins catholiques ; mais s'ils étaient moins cossards et plus dégourdis, ils n'en seraient pas là où ils en sont. »

Catholiques, mes beaux-parents le sont plus que moins, mais il faut croire que Dieu lui-même peine à les tirer de leur déprime chronique. La lumière du Ciel ne les atteint qu'affaiblie, comme une ampoule de vingt-cinq watts qui a pris la poussière. Je les envie pourtant de réussir à se réchauffer le cœur à coups d'histoires bibliques, de promesses de paradis et de rédemption. J'aurais aimé continuer d'y croire moi aussi mais, en matière de religion, après un début prometteur de sept à dix ans, j'ai égaré le mode d'emploi. Ma foi s'est enrayée. J'ai mis Dieu à la retraite et ne le prie pas plus que les Grecs n'invoquent Poséidon de nos jours. Dieu sait pourtant si je pourrais en sacrifier, des poulets et des canards, sur l'autel de Poséidon, pour éloigner les nuées sombres de MondoNews.

Comme chaque fois chez les beaux-parents, nous avons subi le journal du soir sur TF1, une chaîne « garantie sans socialos », a ironisé Henry, certain que je n'oserais pas relever devant lui un soir de fête. Son épouse Anne-Marie et lui s'injectent le « Vingt heures » tous les soirs et cette dose de morphine cathodique les aide à traverser l'existence. Il faut croire que ça les soulage, car à un moment ou à un autre, entre deux sujets d'actualité, ils soupirent qu'on n'est pas si mal à Aveline, à l'abri d'un monde auquel on ne comprend plus rien. Une nouvelle aurait pu pourtant nous redonner du baume au cœur. Dans les Hauts-de-France, une aciérie qui semblait condamnée à la liquidation, Ascoval, avait obtenu un sursis et il n'était pas exclu, après des mois de mobilisation de son directeur et des syndicats, qu'elle trouve un repreneur. L'activité ne partirait pas au Brésil mais resterait là-bas, et les deux cent soixante-dix emplois seraient sauvés.

Après les publicités, le beau-père a interrompu sa séance de zapping sur une émission de variétés, et mon mal de tête de la journée est reparti de plus belle, si bien que, à un moment donné, je me suis levé de table pour aller chercher un cachet d'aspirine dans leur armoire à pharmacie. « Ne vous dérangez pas, Anne-Marie, je sais où c'est. » En déplaçant les tubes, j'ai fait dégringoler des boîtes dans le lavabo et c'est alors que j'ai découvert du Norset, l'antidépresseur qui m'aide à supporter MondoNews et régule ce qui me reste de sommeil. Du Norset, chez eux ! Je n'en croyais pas mes yeux : comme si j'étais tombé nez à nez avec une vieille connaissance à l'autre bout du monde. Et plusieurs boîtes. Une mine de Norset à ciel ouvert ! De quoi faire hiberner un ours brun. Je n'étais donc pas le seul type sur cette terre à m'envoyer ces bonbons d'oubli...

Tout au long du réveillon, devant l'émission de variétés destinée à tromper notre ennui jusqu'à minuit, je suis resté songeur, à me demander lequel des deux absorbait la même molécule que moi. Qu'avaient de commun leur vie de retraités cossus et mon existence de cadre très moyen et si peu dynamique, assiégé par la frousse, pour que nous écopions de la même ordonnance médicale ? Après moult cogitations, et sans oser en parler à Adèle, j'ai fini par pencher pour le beau-père. Oui, ce devait être lui : Henry Montalivet avait souffert d'insomnies pendant des années mais il n'en était plus question depuis un certain temps.

Ainsi, au bout de trente ans de mariage, j'obtenais la preuve convaincante que mon beau-père était un être humain, avec ses faiblesses et ses failles, qu'il parvenait à dissimuler, bon an mal an, pour peu qu'on ne fourre pas le nez dans son armoire à pharmacie. Sans doute est-ce au cours de ce réveillon que mon attitude a commencé d'évoluer à l'égard de l'austère Henry et de son « y » agaçant. Mais aussi à l'égard de la taiseuse Anne-Marie, dont j'interprétais les silences comme une marque de méfiance envers moi. Malgré leur aisance de centre droit, je me disais qu'ils en souffraient, de leur bien-aimé système – les boîtes de Norset en étaient témoin. Ni l'un ni l'autre n'était vraiment dans son assiette, il suffisait de les écouter jérémier toutes les cinq minutes.

Tout y passait. Par l'alambic de leur cerveau, le monde ressortait aigre, avec une odeur de naphtaline. Fallait-il mettre ça sur le compte de l'âge, parce que, à chaque heure, la mèche de leur existence raccourcissait ? Je ne le crois pas. Ces deux-là n'étaient pas des croqueurs de vie, encore moins d'éternels adolescents ; ils acceptaient le passage du temps, considérant qu'ils n'avaient pas le choix. Le mal n'était pas là. Mais où, alors ? Ils avaient tout : un des pavillons les plus huppés d'Aveline, une retraite dont le montant outrepassait certainement mon salaire, la santé et la foi en l'au-delà.

Moi non plus, je ne manquais de rien. Nous vivions tous comme des coqs en pâte. Nous avions l'eau courante et l'électricité, nous mangions à notre faim et possédions des appareils, des objets à ne plus savoir qu'en faire. Nous vivions dans un pays de cocagne et pourtant, comme le beau-père Henry, je courais derrière le sommeil en fuite, refoulais le cafard en prenant chaque soir mes cachets bleus. Nous avions tout mais quelque chose manquait. Les malades de la Grande Peste ou les poilus de Verdun en auraient bien ri, de nos bobos à l'âme, tiens… Jour après jour, nous aurions dû nous réjouir de ne plus connaître la guerre ni la peste, et de pouvoir combler nos envies en quelques clics. Au lieu de ça nous coulions une existence d'animal triste, comme dans un zoo. C'est que notre souffrance lancinante n'était pas un petit bobo. Il nous arrivait quelque chose que, du fond de leurs drames, les pestiférés du Moyen Âge et les fantassins de Verdun n'auraient pu comprendre. S'ils avaient visité nos appartements, les pestiférés et les poilus n'en auraient pas cru leurs yeux. Le paradis ! auraient-ils pensé. Et pourtant notre souffrance était bel et bien réelle, et que l'on s'appelle Henry Montalivet, de centre droit, ou Aurélien Babel, de gauche, nous étions logés à la même enseigne.

La gauche, en voilà une autre douleur qui motivait mes cachets bleus... N'avait-elle pas été, dès mon adolescence, comme une compagne dont on espère, sinon des miracles, un supplément de vie, un horizon lumineux ? Quand j'avais quinze ou seize ans, elle lanternait dans les salles d'attente de la démocratie. Elle était *la* contestation. Mes espoirs désordonnés reposaient sur elle, car je ne voulais pas de l'existence des adultes. Au point que je lui vouais le même intérêt qu'à la neige quand elle s'emparait des routes par surprise, les barrait de congères et assiégeait les villages. J'attendais la gauche comme la neige. On s'étonnera que j'associe une nébuleuse politique à un phénomène météorologique, mais à mes yeux tout ça ne faisait qu'un. Avec son arsenal de blizzards et de verglas, l'hiver avait le pouvoir de figer la Machine mieux qu'une grève générale. Je rêvais de vagues de froid redoutables, qui auraient grippé cette Machine trop bien huilée. Lorsque les toits et les champs se duvetaient de blanc montait en moi une euphorie tranquille dont les autres ne comprenaient pas la nature. Tout ce qui était à même d'entraver le monde mercantile, le monde des adultes épris de gain, avait ma faveur. J'étais un extrémiste de la contemplation ; devenir efficace et compétent, travailler vite et bien pour le compte de la Machine, je ne le voulais pas. De la même façon qu'Oscar, le petit enfant du roman *Le Tambour*, je refusais de grandir. À la vue des adultes résignés dont la maladie ou l'alcool ne ferait qu'une bouchée tôt ou tard, je rejetais tout ce qui rasait les forêts, escamotait les insectes et les oiseaux, privait les éléphants de leurs défenses, illuminait la nuit de ses enseignes et formait, au bout du compte, un monde dont l'entreprise criminelle ne s'interrompait jamais. J'étais un révolté, comme Morel qui se bat pour les éléphants dans *Les Racines du ciel*. Dans mon refus, la neige représentait un « allié objectif » de poids. Elle avait beau tomber blanche, je la voyais rouge.

En 1981, cela faisait un quart de siècle que la gauche n'avait pas été au pouvoir. J'ai vécu la campagne présidentielle avec toute ma fougue d'adolescent, je l'ai suivie à la radio, à la télé ; j'en discutais fiévreusement dans les couloirs du lycée et nous attendions le soir du 10 mai. J'enrageais, pour une histoire de quelques mois, de ne pas être en âge de voter. Aux cabinets, le mercredi, je dévorais les articles sur l'affaire des diamants. Je lisais le *Canard* et haïssais les ministres de Giscard et tous les barons du gaullisme, les comtes de ceci, les comtes de cela. Le seul gouvernant qui avait grâce à mes yeux durant ce septennat s'appelait Boulin, retrouvé mystérieusement mort dans un étang de la forêt de Rambouillet : le système était pourri de l'intérieur et ce cadavre en constituait la preuve à mes yeux.

Bien que je ne puisse pas voter, j'avais *mon* candidat, dont j'aimais le slogan « La force tranquille », sur fond de ciel bleu et de village nivernais. Et cependant, sur l'affiche, je trouvais que le candidat avait la tête ailleurs, l'air de ne pas y croire totalement, et cela me chiffonnait. Je me consolais en écoutant sa voix. Ses inflexions de tribun, le mordant de son ironie. Certains jours, sa voix enseignait des mots nouveaux au poète en herbe que j'essayais d'être. À dix-sept ans, on idéalise. Ceux de mon âge ignoraient son passé de ministre de l'Intérieur d'une Quatrième République lointaine et une partie des moins jeunes feignaient de l'oublier. Il avait accompli un tour de magie ; ce prestidigitateur incarnait l'espoir et puis c'est tout. Il transformerait la vie des adultes et ce n'était pas rien : mes parents, tous les parents, riraient de nouveau. Ils souriraient à la vie. Nous redécouvririons qu'elle pouvait avoir du goût. La Machine allait prendre un coup dont elle ne se remettrait pas et j'aurais enfin le droit d'être méditatif, un brin d'herbe entre les dents, allongé à l'ombre d'un arbre tout le temps de cette aventure abracadabrante qu'on appelle la vie. Mon candidat jetterait les bases d'une civilisation contemplative, car il avait cet autre slogan, judicieusement fourre-tout, « Vivre autrement », dans quoi chacun était libre d'insérer ce qu'il avait envie de vivre autrement.

Un an plus tard je lui ai serré la main une après-midi de mai. Élu président, il était en visite dans ma région, souriant, vêtu d'un costume sable seyant, flanqué d'un Jacques Delors qui avait l'air aussi heureux que Droopy, le chien de Tex Avery. Je n'étais pas seul, ce jour-là, pour le bain de foule devant l'hôtel de ville. Nous étions quelques milliers derrière des barrières métalliques et parmi la haie des mains tendues *il* a serré celle qui écrit ces mots. *Il* en a serré d'autres, naturellement, mais enfin la mienne y a eu droit. À ceux qui faisaient la fine bouche et affirmaient qu'*il* n'avait rien accompli depuis son élection, j'avais envie de répliquer : « Comment donc ? Mais si ! *Il* m'a serré la main. »

C'était un temps facile à comprendre : tout était scindé en deux. Deux tribus habitaient la France : la gauche et la droite. L'Europe était un vaste deux pièces (l'une donnant sur l'ouest, l'autre sur l'est), dont la porte de communication restait le plus souvent hermétiquement close. Quant au vaste monde, il était peuplé au nord par de riches exploiteurs et au sud par de pauvres exploités. Malgré cette grille de lecture simpliste, c'était un temps où les gens avaient des « idées ». Ils les bichonnaient avec une certaine fierté, comme des géraniums en jardinière, rouges, roses ou blancs, en fonction de leur classe sociale. Et parfois, ces idées se transformaient en idéal – pareilles à un massif de fleurs qui se plaisent ensemble et forment un parterre. Avec le recul, le bilan de ces années-là est loin d'être négligeable, même s'il fut de bon ton de se montrer désillusionné et si la vie des adultes ne changea guère au quotidien, c'est vrai. Ensuite, au crépuscule du siècle, Lionel Jospin et sa gauche plurielle entreprirent de belles choses, après quoi ce fut terminé. En vertu d'une OPA mystérieuse, les socialistes devinrent une succursale de la droite, se réservant, comme ultime pré carré, quelques questions de société dont elle ne voulait pas. À peu de chose près, ils gouvernèrent comme le camp d'en face, en répétant toutes les quatre à cinq minutes leur formule incantatoire favorite : « justice sociale », « justice sociale », formule à laquelle j'ai repensé, voici quelques années, en visitant à Lhassa des monastères dont les lamas serinaient leur mantra à eux sans se lasser, dans les volutes d'encens : « *Oṃ maṇi padṃe hūm… Oṃ maṇi padṃe hūm…* » Nous étions dans les années 2010 : la rose, qui fanait depuis quelque temps, vit tomber ses derniers pétales.

Je me suis souvent dit que la gauche avait perdu la partie lorsque ses élites s'étaient mises à mépriser plus ou moins ouvertement ce qu'on appelait « le peuple ». Ses élites politiques mais aussi ses élites culturelles. Le cinéma, la littérature engendraient naguère des personnages populaires, des braves types dont on riait mais qu'on ne méprisait pas. On éprouvait sympathie et respect pour Jean Valjean, pour les Lantier, pour les mineurs de *Germinal*. Bien que mal dégrossi, le travailleur était digne. On le payait mal mais on le craignait.

Les ouvriers, paysans, petits employés ou escrocs de rien du tout, on les aimait à l'écran sous les traits de Gabin ou de Bourvil. Peu doués pour la vie, ils suscitaient l'empathie.

Après, je ne saurais dire quand le « populo » a disparu, mais une chose me paraît certaine : le peuple a été dissous parce que, à un moment donné, une certaine gauche en a eu honte. Elle l'a caché derrière des tentures, parce qu'il ne votait plus comme il fallait, le populo. Banni du cinéma comme du théâtre, biffé des romans, il a été progressivement escamoté. Aucun Zola contemporain n'a plus montré les Lantier. Un *think tank* a même suggéré aux états-majors de gauche de délaisser les classes populaires parce qu'elles ne votaient pas bien, ou ne votaient plus. Ce jour-là, je me suis senti plus que jamais faire partie des derniers dinosaures.

Chez Mondo, tout le monde n'était pas « de gauche », même si telle était la couleur dominante. Ceux qui n'en faisaient pas mystère n'étaient cependant pas de *ma* gauche. La leur me paraissait édulcorée, *extra light*, délavée et pour tout dire cossue ; non pas caviar mais tout de même un peu homard, sans le rouge qui teint la carapace lorsqu'on l'ébouillante. Les luttes sociales n'avaient jamais été dans les gènes de mes collègues, et j'avais ma petite explication : une bonne partie d'entre eux étaient arrivés là grâce à des études coûteuses et longues qu'ils devaient à un milieu familial très aisé. Pour ces filles et ces fils à papa, se dire de centre gauche, c'était faire leur crise d'adolescence sur le tard. C'était leur petit prêt-à-porter intellectuel. Fumer des joints et se dire antiracistes leur suffisait pour se sentir de gauche. En arrière-plan, cependant, la classe dont ils étaient issus ne les prédisposait guère à se battre. Ils ne détestaient pas le système, ils s'en accommodaient même très bien.

Chez Mondo, le peuple était très loin. J'aurais aimé voir comment l'information aurait été traitée si Aline avait passé son enfance dans une barre de Sarcelles ou si Franck Olry s'était appelé Gómez ; j'aurais été curieux de voir comment Élise ou Deslaurens se seraient occupés des entreprises du CAC 40 si leur père avait possédé pour tout capital quelques vaches en Haute-Loire. Soyons juste, tout de même : tous n'étaient pas nés avec une cuiller d'argent dans la bouche. Le père de Prételat, facteur à Mont-de-Marsan, avait battu la dèche pendant des années, et Doumenc n'était pas sorti de la cuisse de Jupiter ; moi non plus, d'ailleurs, avec mes parents instituteurs dans le Cantal, dont la première voiture, une Ami 6, s'était dandinée jusqu'à n'en plus pouvoir sur les départementales gondolées des années 60.

VIII

Dans les premiers jours de janvier, une fois tout le monde rentré de congés, une AG s'est tenue sur la perspective d'une *réorganisation* – terme pudique qui avait cours alors pour atténuer l'avenir en lui donnant un air vivable. Trois délégués syndicaux, Hervé Deslaurens, Constance Prioux et Fabien Giraud, nous ont informés des conséquences des plans mis en œuvre à Madrid et à Londres et ont soulevé la question du reste de l'Europe : des mesures de réorganisation étaient probablement à attendre à Moscou, Paris ou Rome, mais on ignorait quand elles seraient annoncées et peut-être seraient-elles beaucoup plus modérées qu'on ne l'avait imaginé. Non, nos délégués ne disposaient pas d'informations sûres et certaines, mais nous serions mis au courant dès que, et cetera, et cetera...

Notre rédaction ne manquait pas d'intelligences aiguisées et j'aurais aimé que certaines d'entre elles interviennent, reprennent le flambeau des délégués, exposent, proposent, mais Christophe Noguès, sur qui je comptais un peu, est resté en retrait, à digérer la bûche et les huîtres des fêtes. Pascal Laure n'a pas non plus pris la parole, gardant pour lui sa pertinence et son intelligence. Il est vrai qu'il réservait son talent pour des manœuvres en coulisse. Quant à moi, habité par un mauvais pressentiment, je n'ai rien dit.

La réunion de rentrée s'est disloquée au bout d'une vingtaine de minutes et ensuite, dans les bureaux, on a parlé de tout, sauf de ce qui venait d'être dit.

*

L'homme a en propre une chose dont les autres mammifères ne sont pas affligés, l'espérance. Dans la mythologie grecque, déjà, elle est tenue pour maléfique. Ἐλπίς, le fait d'attendre quelque chose. L'espérance figure parmi les maux enfermés dans la jarre que Pandore, la première femme du genre humain, ne peut se retenir d'ouvrir. Et si, à l'entrée de l'Enfer de Dante, il est demandé aux nouveaux venus d'abandonner toute espérance, c'est parce qu'elle ne serait que souffrance, inutile de surcroît...

Début janvier, après notre AG, le temps s'est remis à couler comme il a pu, d'un bout à l'autre de notre *open space*. Toujours aucune rumeur. Aucune fumée suspecte à l'horizon. De là est née l'espérance que, peut-être, rien de grave ne surviendrait.

Je n'ai jamais aimé janvier. La page de l'année écoulée vient de se tourner et, avec l'impression désagréable que tout est à réécrire, je reste peu actif au long de ces journées où la lumière fait défaut. Après l'AG, cet état n'a pas manqué de me reprendre. Comme l'attente s'éternisait, je me sentais déboussolé. Certains commençaient à trouver ce grand silence suspect. D'autres voulaient y voir un signe rassurant… Vers la fin du mois, des voix se sont élevées pour estimer que s'ils avaient vraiment eu des projets pour Paris, nous en aurions déjà été informés. Et si des plans étaient vraiment en gestation, il y aurait forcément eu des fuites. Or la « taupe » des élus syndicaux à la DRH ne signalait toujours rien.

Je ne savais à quoi m'en tenir. Comme souvent, mon opinion fluctuait au gré de ce que j'entendais (ou n'entendais pas) et il m'arrivait de penser en m'endormant le contraire de ce dont j'étais encore convaincu dans l'après-midi ; le lendemain, je m'éveillais avec un tout nouvel avis, dont je ne démordais pas avant une bonne petite heure. Après quoi le doute s'insinuait. Ce n'était plus une tête que j'avais sur les épaules, c'était un congrès de courants d'air.

Pressée de questions, Constance Prioux a reconnu qu'elle ne savait rien de plus que nous et qu'à la prochaine réunion de comité avec la direction, aucune annonce n'était à l'ordre du jour. « Peut-être qu'il n'y aura tout bonnement pas de réorganisation, finalement. » Ses paroles se sont propagées comme un feu de brousse et celles d'Hervé, le lendemain, ont attisé les flammes : « Si on est touchés, ce sera à la marge. » Chacun y est allé de son analyse. Des informations tues jusqu'à présent ont surgi comme un diable à ressort :

« À Madrid, *ils* ont réembauché deux types qu'*ils* avaient virés en novembre ! *Ils* se sont aperçus qu'*ils* étaient allés trop loin... Qu'*ils* avaient besoin d'eux. *Ils* font machine arrière... » a dit Cédric, qui se voulait obstinément rassurant depuis novembre.

« *Ils* ont dépensé trop de fric en virant tout ce monde. *Ils* n'osent pas s'attaquer à Paris, notre droit nous protège, ça *leur* coûterait une fortune » (Martin Prételat, reprenant une antienne de Cédric).

« *Ils* sont à court d'argent et attendent d'avoir de nouveau des fonds pour... » (Doumenc).

Ils, suspendus au-dessus de nous, déroulant ou tranchant les f*ils* de nos destins. *Ils*, prêts à déchaîner leurs foudres, *ils* comme des dieux grecs qui se seraient mis à l'anglais de Wall Street. *Ils*, toujours invisibles et muets le 27, le 28, puis le 29 janvier.

À chaque jour sans nouvelles le camp de l'espoir gagnait en crédibilité, et nous allions atteindre février, avec ses congés et ses pistes damées ! Ils n'oseraient rien tenter à cette période. Dans nos couloirs, le Café du Commerce produisait analyse sur analyse : on allait y échapper, à leur purge, à leur « réorganisation ». Jour après jour, je me suis mis à y croire un peu plus. À une réserve près. Une ville lointaine du nom de Constanța, où je n'avais jamais mis les pieds, voilait passablement mes espoirs.

Arrêtons-nous un instant sur Constanța, qui, soit dit en passant, se prononce quelque chose comme « Constandza ». Le grand port roumain sur la mer Noire et la deuxième agglomération du pays, après Bucarest. Depuis quelques années, considérant que Chandannagar ne pouvait remplir la totalité des missions touchant l'Europe, MondoNews avait créé un *hub* dans la partie orientale du Vieux Continent, appelé à traiter de plus en plus de tâches retirées aux gros salaires d'Europe de l'Ouest. « Le Chandannagar de la mer Noire », comme on l'appelait déjà... Ceux qui nous dirigeaient du haut des tours de Seattle ne semblaient s'intéresser à cette région du monde que pour ses salaires de misère et son droit du travail magnifiquement préhistorique. Les faire trimer pour rien, ces *Untermenschen* d'ex-communistes, les faire trimer bien plus que ces avachis de *Frenchies*...

Il y a longtemps, les rivages de la mer Noire passaient pour être une terre d'exil ou de bannissement. Sauvée par Artémis, Iphigénie s'était retrouvée prêtresse d'un temple dédié à cette déesse en Tauride, l'actuelle Crimée, aux confins du monde civilisé et, surtout, à l'abri de son père Agamemnon, qui avait accepté de l'offrir en sacrifice pour que le vent se lève enfin et pousse la flotte grecque jusqu'au rivage de Troie. Au temps des Romains, Auguste avait envoyé le poète Ovide en relégation à Tomes, nom que portait alors Constanța. La raison officielle était le caractère licencieux de *L'Art d'aimer*, mais personne n'y croit vraiment. Ovide aurait en fait vu ce qu'il n'aurait pas dû voir, mais quoi, au juste ? On ne le saura jamais. Bref, Ovide avait usé sa santé à implorer ses amis et connaissances restés à Rome de le tirer de là, tant il avait en horreur cette terre et son climat : l'hiver était si rude que la mer Noire blanchissait, disait-il. Et lorsque le gel prenait le Danube, les Gètes ou autres barbares du Nord passaient à l'attaque… Mais les exhortations de l'auteur des *Métamorphoses* étaient restées lettre morte et il avait fini ses jours sur ce rebord perdu du monde civilisé.

Les avocats d'affaires qui dirigeaient MondoNews n'avaient probablement pas plus de considération pour les Roumains que les Romains n'en avaient eu pour les Gètes. Constanța restait Tomes : un rebord comme un autre de leur monde « civilisé », où, depuis trois ans, le Siège organisait le transfert d'activités dévolues jusqu'alors à l'Europe de l'Ouest. Je n'avais guère entendu de voix s'élever contre le procédé. Étais-je le seul à le réprouver ? « Vous n'êtes certainement pas le seul. Les gens ne verbalisent pas mais n'en pensent pas moins », m'avait dit le docteur Vernoux, un psychothérapeute que j'allais consulter de temps en temps pour tenir le coup.

Un soir, j'en avais touché un mot à Prioux. Dans l'*open space* désert où nous étions les derniers de la journée à travailler encore, elle m'avait écouté contester les transferts tous azimuts en Roumanie avant de me répondre : « Si tu veux militer contre la mondialisation, engage-toi dans un parti politique. » Les délocalisations, ce n'était pas du ressort de son syndicat, avais-je traduit, et je me trompais d'adresse en frappant à sa porte… Et je dois reconnaître qu'elle avait fait un effort pour dissimuler son agacement, car elle avait bon fond, Constance ; elle m'avait dit ça sur un ton presque amusé, en souriant. Je lui avais parlé aussi de la « marchandisation de l'information » : « Ils veulent vendre de l'information à bas coût, comme des T-shirts *made in Bangladesh*. Et les textes sur lesquels les clients ne “cliquent” pas, ils veulent qu'on cesse de les traiter… »

Bref, le développement rapide du « Chandannagar de la mer Noire » tempérait en ce début d'année mon espoir de voir Paris échapper aux purges en cours. D'autant plus que le bureau de Constanța n'était pas seulement composé de Gètes vêtus de peaux de bêtes ; on y trouvait aussi plusieurs petits Ovide de notre temps, partis de leur propre chef s'exiler là-bas : de jeunes Françaises et Français qui acceptaient de toucher en Roumanie un salaire des plus bas parce que la mention d'un CDD chez MondoNews valoriserait leur CV lorsqu'ils chercheraient un véritable emploi, plus tard. Christophe Noguès, du genre scrupuleux et fouineur, avait voulu savoir qui avait été recruté là-bas et avait patiemment recherché leurs CV ou antécédents sur Internet et LinkedIn. Il avait pu établir qu'aucun d'eux n'avait de carte de presse. Qu'aucun n'affichait la moindre expérience dans le journalisme. Je ne voulais pas le croire, et pourtant il s'agissait bien d'eux et non d'homonymes : leurs photos sur LinkedIn correspondaient à celles qui figuraient sur la base de données des ressources humaines de Seattle. L'un avait un passé de barman, un autre avait été compagnon du Tour de France comme menuisier ébéniste. Une jeune femme avait fait des études de lettres et de théâtre. « Excellent, avait conclu Franck. Ça nous en fait un pour servir l'apéro, un autre pour construire le bar et le comptoir. Quant à la fille, elle est là pour écrire, abattre le boulot qu'on va nous retirer petit à petit... »

En somme, MondoNews inventait un concept nouveau : le journalisme sans journalistes. L'absence de qualifications des recrues de Constanța, Clémence Corap l'avait constatée par elle-même quelques mois plus tôt. Voilà cinq ans qu'elle dirigeait le service matières premières, qui avait permis de décrocher un nombre important de nouveaux clients francophones. Le Siège n'en avait pas moins décidé de le délocaliser, estimant que le traitement des communiqués et la rédaction de comptes rendus des contrats de blé tendre ou de blé dur pouvaient tout aussi bien être effectués en Roumanie. Aucun prétexte invoqué, aucun cache-misère. C'était ainsi. Et, pour partir sur de bonnes bases, la direction avait envoyé Clémence sur place, à Constanța, jugeant qu'elle était la mieux à même de former les nouvelles recrues. C'était comme faire une bouture, en somme, mais en déracinant la plante sur laquelle on la prélevait, car, à Paris, ce service n'existerait plus.

Voilà l'ultime mission qu'on avait confiée à Clémence. Elle devait l'avoir mauvaise, à son départ pour *là-bas*, mais elle n'en avait rien montré derrière ses lunettes. Avait-elle envisagé de refuser ? Ce n'était sans doute pas dans ses gènes, et puis ç'aurait été très délicat pour elle, car elle espérait se recaser à un autre poste, continuer de gagner sa croûte une fois qu'elle aurait digéré ce qu'on lui demandait de faire : clouer bien malgré elle le cercueil du service qu'elle avait créé. C'est qu'elle avait charge de famille, elle aussi, Clémence... Oh, elle n'en pensait pas moins ; ses sourires silencieux en fin de phrase en disaient long, mais elle n'était ni agressive ni emportée de nature ; son prénom lui allait comme un gant.

Au bout de quatre semaines à Constanța, Clémence avait réintégré nos bureaux, passablement blasée. On comprenait à l'entendre qu'elle avait fait ce qu'elle avait pu, et elle nous avait confirmé l'incroyable – les jeunes qu'elle avait formés cahin-caha n'avaient qu'un rapport très distant avec l'univers de la presse.

« Impossible d'éveiller le moindre sens de l'info chez eux ; j'ai tout essayé... » Après cette phrase, elle avait ri et, connaissant sa patience et son sens de la pédagogie, j'avais compris qu'elle avait effectivement tout tenté. « Ils mettent tout sur le même plan. Quant à leur culture de l'actualité ou leur culture tout court… » Je lui avais souri à mon tour, car je n'avais rien trouvé d'autre dans ma boîte à outils qu'un bon vieux sourire, celui qui signifie grosso modo « Mieux vaut en rire qu'en pleurer… ». Marchandisation de l'information.

*

Tout au long de ce mois de janvier, en dépit de Constanța, je me suis pris à croire que nous passerions entre les gouttes. Impossible de neutraliser la machine à espérer, car j'ignorais au juste où elle se cachait en moi. Lorsque nous sommes entrés dans le mois de février, j'ai retrouvé le sourire. Cela faisait bientôt trois mois que les annonces avaient eu lieu pour Londres et Madrid. Chaque jour qui passait me redonnait un peu d'assurance. Les optimistes n'avaient pas tort, ce n'était pas la drôle de guerre. Bref, la tension commençait à retomber. Au fond, nous avions déjà échappé par le passé à d'autres projets néfastes, qui s'étaient enlisés dans je ne sais quels bureaux, pour des motifs inconnus. Alors…

Oui, mais Madrid ? Mais Londres ? Le même argument revenait, insistant : virer autant de monde là-bas leur a coûté beaucoup trop cher. Le Siège s'aperçoit maintenant du trou béant dans la caisse et temporise, hésite à s'attaquer à Paris.

Les arguments sédimentent, l'envie de vivre s'emballe comme une mécanique et porte vos nerfs à incandescence. L'imagination fait le reste. Dans son *Manuel*, Épictète explique que l'imagination est l'ennemie de l'homme : elle le fait souffrir inutilement. Ce n'est pas faux. La plupart de nos pronostics, analyses ou déductions sur l'avenir de MondoNews reposaient sur des éléments fragiles amoncelés par notre imagination bien plus que par la raison. Les châteaux de sable érigés avec nos arguments hasardeux ont été laminés en un rien de temps le 16 février lorsqu'un de nos délégués, Fabien Giraud, a envoyé un mail collectif.

Je me souviens avec netteté de l'endroit où j'ai découvert ce courriel : j'étais assis dans un fauteuil, au quinzième étage d'un hôtel au centre de Taipei. Une demi-heure plus tôt, un séisme de faible intensité avait fait danser l'immeuble. Quelques pas de côté, quelques secondes de flottement, puis retour à la position initiale. Trois fois rien, et pourtant cette oscillation presque irréelle m'avait surpris. Des instants sur le *qui-vive*. À Taïwan, c'était la fin de la journée. À Paris, le milieu de l'après-midi. Le message de Fabien Giraud avait pour objet « PSE » et j'avais tressailli, car ce sigle ne m'était pas inconnu : plan de sauvegarde de l'emploi.

Giraud nous annonçait qu'il y aurait bien un PSE, pour « raisons économiques », et que la direction en dévoilerait les détails d'ici la fin du mois. Il ne savait rien d'autre : Molinié, le directeur des ressources humaines, avait ordre de ne rien dire de plus tant que le plan n'était pas finalisé au Siège. Impossible d'en deviner l'ampleur pour l'instant.

J'avais pris deux semaines de congés pour participer au TiBE (Taipei International Book Exhibition), la foire du livre de la capitale taïwanaise, à l'invitation du Bureau français de Taipei et de l'éditeur de mes poésies en chinois « complexe ». Je me trouvais là depuis trois jours, toujours épuisé par les quinze heures de voyage avec escale à Hong Kong, le décalage horaire et un programme dense, mais rasséréné dans le même temps par la chaleur de l'accueil. Les Formosans sont des gens à part, d'un naturel bienveillant, curieux et bon vivant. À une demi-heure d'intervalle, le tremblement de terre puis l'annonce lue dans ma messagerie électronique me rappelaient néanmoins que, contrairement aux apparences de ce séjour, vivre restait un passe-temps incertain voire périlleux. L'euphorie légère dans laquelle j'avais baigné toute la journée (déjeuner d'assortiments vapeur chez Din Tai Fung, débat avec l'écrivain Wu Ming-yi) venait de se transformer en une sidération glaçante. Je m'en voulais d'avoir oublié si facilement la dangerosité de l'homme.

Pourtant, Taipei a réussi à rendre la nouvelle irréelle, peu crédible. Les neuf mille huit cents kilomètres entre les bureaux de Paris et mon hôtel ont joué un rôle d'*airbag*. À sept fuseaux horaires de l'Europe, parmi les idéogrammes lumineux de la nuit de Chine, j'étais comme sur une planète lointaine. J'aurais pu solliciter les réactions des uns et des autres, par mail, mais j'ai préféré ne pas le faire.

Les détails du plan seraient connus bientôt, expliquait brièvement Giraud, et peut-être le « coup de rabot » (l'expression était alors à la mode chez les journalistes du sérail) serait-il modeste et ne remettrait-il pas tout en cause.

Tamsui. Le musée national du Palais, du côté de Shilin. Le marché de nuit de Gongguan, la Fête des lanternes. Sur ma nouvelle planète, je partageais des moments d'amitié et de rire avec mes hôtes et mettais entre parenthèses ce qui m'attendait. Et eux, ne faisaient-ils pas la même chose ? Au fond, ce qui guettait les Taïwanais avait sans doute partie liée avec ce que me réservait l'avenir. Il me restait deux jours à savourer là-bas et je ne voulais pas en perdre une miette, avant la perte probable d'un métier qui m'était précieux. Quant aux Taïwanais, ils croquaient la vie à pleines dents en attendant que le tigre patient tapi de l'autre côté du détroit ne bondisse et ne fasse d'eux qu'une bouchée. Quand ? Nul ne le savait, peut-être demain, peut-être dans dix ans. Tôt ou tard, quoi qu'il en soit. Et le tigre attendait son heure. Le festin qu'il achevait de digérer à Hong Kong avait valeur d'avertissement et chaque Formosan le savait. En somme, eux comme moi, nous attendions que le Moloch nous annihile, et cela donnait au présent un parfum enivrant.

Un jour, comme mon programme se limitait à une présentation à la librairie française Le Pigeonnier à dix-neuf heures, je me suis échappé vers le village de montagne de Jiufen, à une heure d'autocar. Là, j'ai visité l'ancienne mine d'or de Jinguashi, qu'exploitaient les Japonais au début du XXe siècle. Le « plus gros lingot au monde » est exposé au public, sous une cloche de plexiglas de part et d'autre de laquelle sont pratiquées des ouvertures, de sorte que chacun peut « toucher des millions » en effleurant ces deux cent vingt kilos de métal jaune, dont la valeur, actualisée au gré des fluctuations du cours de l'or, s'affiche en chiffres énormes. Pour les Formosans, caresser ce lingot porte chance et attire la fortune.

IX

Le tigre, après avoir joué trois mois durant avec nos nerfs, s'apprêtait donc à entamer son festin. Rentré d'Asie, j'avais encore quelques jours de congés et, le 25 février, j'ai rejoint Adèle chez ses parents à Aveline. C'est en train, tandis que défilait une campagne de bocage et de peupliers nus, que j'ai suivi les annonces sur le compte WhatsApp de la rédaction. Nous avions été avertis la veille de la tenue d'une AG en présence de représentants du Siège, venus présenter les détails de la « réorganisation ».

Dès que sont tombées les décisions majeures, j'ai su qu'il n'y avait aucune hésitation à avoir et que je quitterais MondoNews pour sauver ma santé psychique et ma santé tout court, avec ce qu'il me restait de sommeil. Ce n'était pas un choix mûrement pesé, c'était un instinct. Fuir ! là-bas fuir ! Une heure plus tôt, je pouvais encore tenter de transiger avec l'avenir. Désormais, non. Dans un style nerveux, un délégué syndical présent à la réunion répercutait les annonces l'une après l'autre à l'intention des absents :

La baisse du chiffre d'affaires des services en langue française menace notre compétitivité (dixit la direction).

1/ 30 départs volontaires prévus pour raisons économiques, sur un effectif de 60 francophones.

2/ L'organisation actuelle de la rédaction, sous la forme de services, est démantelée. Deux pôles sont créés : « Platform », noyau central au sein duquel chacun sera totalement polyvalent, et « Temps long » – petite cellule de reporters spécialisés qui mènera des enquêtes approfondies afin de fournir des scoops.

3/ Les négociations syndicats-direction s'ouvriront le 7 mars, jour de la 1re réunion du Comité social et économique. Elles devront prendre fin dans un délai de 2 mois.

4/ Les salariés souhaitant quitter l'entreprise seront accompagnés par un cabinet de reclassement.

(Tiens, ai-je pensé : ce n'est pas l'entreprise qui vire des gens, mais les salariés qui *souhaitent* quitter l'entreprise. Lave-toi bien les mains, Ponce Pilate !)

5/ Les personnels directement concernés par le plan de départs sont les chefs des services français (4), les rédacteurs d'informations générales (16), les rédacteurs Entreprises en langue française (10). Mais plus largement, tout journaliste est habilité à partir dans le cadre du plan.

6/ Une aide à la création d'entreprise et à la formation de reconversion sera apportée aux partants.

Suivaient les premiers éléments de calcul de la prime de départ et des indemnités, qui dépendraient de l'âge du partant et qui, d'un montant peu incitatif, seraient tout l'enjeu des négociations.

Partir de là… En quelques traits, j'ai résumé mentalement ma situation financière : nous avions achevé de rembourser notre appartement. Non seulement Valentin était autonome, mais il gagnait très bien sa vie et sa boîte avait les reins solides ; quant à Émilien, eh bien, il serait toujours Émilien, mais il assumait financièrement sa précarité et son absence d'ambition, et il ne réclamait rien ; nous disposions de bonnes réserves dans lesquelles puiser le cas échéant, et puis Adèle travaillait, l'entreprise où elle était, un cabinet de chasseurs de têtes, marchait miraculeusement bien. Quant à moi, je pourrais toucher le chômage pendant trois ans, privilège de l'âge.

Sans oublier, comme me le rappelait parfois Adèle avec un petit sourire en coin, les droits d'auteur de mes plaquettes de poésie (l'année précédente, j'avais reçu un chèque de cent sept euros et trente-huit centimes).

En somme, la voie était libre.

À ma descente du train, j'ai vu deux points d'interrogation dans les yeux d'Adèle, à qui j'ai répondu par un soupir désabusé et un petit haussement d'épaules. Elle m'a souri en retour. Ne t'en fais pas, me disaient ses lèvres et ses fossettes, ne t'en fais pas ! Ici, nous sommes au-delà du bout du monde. Rien ne peut nous atteindre à Aveline.

Nous avions besoin de parler avant de retrouver le salon surchauffé des beaux-parents. Au lieu de prendre par la route, nous avons fait un détour par les berges de l'Elste et nous nous sommes assis sur un banc malgré le froid pénétrant. Je me sentais étrangement serein. Groggy, mais empreint d'une tranquillité qui me visitait rarement.

*

La première annonce du Siège mondial dans les jours suivants a porté sur le nom de celui qui conduirait les négociations à Paris face aux représentants syndicaux. Ce nom a fait l'effet d'une bombe aux oreilles de ceux qui le connaissaient. Devenu le numéro deux de la division Centre-Europe (Suisse, Autriche et République tchèque), Enguerrand Audet avait travaillé quelques mois dans nos locaux, des années plus tôt. Pour tout dire, c'était nous qui l'avions biberonné. Depuis, sous sa houlette, les effectifs avaient été divisés par deux en deux ans au bureau de Zurich, dont les tâches avaient été délocalisées l'une après l'autre dans les bantoustans d'Europe orientale. Enguerrand Audet appliquait la doxa avec zèle et le Siège n'avait pas trouvé mieux que de le charger de s'occuper d'autres bureaux, comme il s'apprêtait à le faire à Paris, où son apparition était prévue pour la réunion du 7 mars.

En préalable à la réunion, une grève de vingt-quatre heures a eu lieu dans les tout premiers jours de mars. Elle a été très suivie. Seuls les anglophones ont travaillé ce jour-là, mais les services français ont observé un silence complet, si bien que je n'ai pas pu m'empêcher de reprendre espoir, convaincu que cette grève ferait des petits et que ces petits contraindraient le Siège à battre en retraite… Or, pour Constance, vingt-quatre heures, c'était notre limite absolue en la matière.

« Les gens ne sont pas prêts à faire une grève longue. »

Je lui ai répondu par un proverbe chinois :

« Un débrayage d'une journée, c'est comme "s'armer d'un brin de paille pour chatouiller les narines du tigre", non ? »

Comme elle souriait un peu, je lui ai demandé :

« Et Lanquetot, il est convié aux négociations ?

– Surtout pas. Les chefs actuels n'auront aucune place dans la nouvelle structure, alors tu penses… »

*

Durant les prémices de mars, un matin, j'ai échangé quelques phrases avec Billotte dans l'ascenseur et il m'a proposé de continuer notre discussion autour d'un déjeuner. Nous avons pris date pour le surlendemain au Toubab, un restaurant sénégalais à quelques rues de là, où j'allais de temps à autre à midi. Son initiative m'intriguait : nous n'avions jamais pris le moindre verre ensemble, mais là, je pressentais chez lui un grand besoin de parler. Depuis les annonces, disons que la rédaction s'était scindée en deux : d'un côté ceux qui éprouvaient la nécessité d'annoncer la couleur, de l'autre ceux pour qui cacher leur jeu, en se taisant ou en lançant les collègues sur de fausses pistes, était aussi vital que respirer. Le taciturne Billotte devait avoir besoin de vider son sac.

Le surlendemain, sitôt la commande passée (yassa de poulet et jus de bissap pour moi, mafé pour lui), il a abattu ses cartes :

« J'empoche le magot et je me tire de cette boîte dès que je peux. »

Sa franchise m'étonnait : il me parlait peu d'ordinaire. Il ne parlait d'ailleurs pas à grand monde. Il faut dire ici que Thibaut Billotte était l'un des mammifères les plus singuliers de notre petit zoo journalistique. Secret, il n'appartenait à aucun des trois clans principaux. Sous ses écouteurs, il pouvait passer une journée entière à n'adresser la parole à personne et puis, le lendemain, se lancer dans des considérations sur la fin imminente de la civilisation, que notre *open space* captait d'une oreille distraite et amusée. Cyclothymique, il faisait preuve en outre, et par intermittence, d'un sens de l'humour dont nul n'avait encore trouvé la clé. Quant à sa vie privée, nul n'en savait rien et, au demeurant, elle n'intéressait pas grand monde.

« Avec le pognon qu'on va toucher, je pourrai financer tous les travaux que j'ai l'intention de faire dans ma bicoque à la campagne. »

J'étais au courant de ses thèses sur le déclin de l'Occident et, plus récemment, sur la crise écologique.

« Ta bicoque ? »

Billotte, depuis qu'il était arrivé dans nos services douze ans plus tôt, était affligé d'un tic de son invention : chaque fois qu'il s'apprêtait à prendre la parole, sa gorge émettait un son pas si éloigné du gloussement, dont il ne devait pas être fier mais qu'il ne remarquait sans doute plus, depuis le temps. Ce bruit l'aidait à se lancer, comme s'il frappait à la porte de la conversation avant d'entrer.

« J'ai racheté une ferme isolée en Corrèze.

– Sur le plateau de Millevaches ?

– C'est ça ; à sept cents mètres d'altitude. Un vallon entouré de forêts.

– Ah… C'est sûr que là-bas, tu seras tranquille. Aucun dictateur n'aurait la bizarrerie de gaspiller une bombe atomique pour ces coins-là. Quoique, regarde… »

Et là, je lui ai raconté l'histoire d'un Américain qui, vers 1980, craignant une guerre nucléaire, s'était offert un terrain aux Malouines ; deux ans plus tard, il assistait au débarquement de l'armada argentine.

« Tu n'y es pas. La menace atomique, c'est un truc de la guerre froide… Aujourd'hui, c'est presque une menace bénigne, par comparaison… »

Et puis, sentencieusement, ou solennellement :

« Il nous reste une dizaine d'années.

– Dix ? Pour quoi faire ?

– Une dizaine d'années avant l'effondrement. Tu en as conscience, non ?

– Tu crois vraiment que… si vite… ?

– Oui, et encore, je suis large. Mieux vaut s'y préparer tout de suite, pour être prêt le moment venu.

– Tu charries, quand même. Dix… »

Il a rentré son cou et rétracté son corps, comme s'il se préparait à bondir sur moi, puis poussé un gloussement.

« Je ne crois pas. Tous les clignotants passent au rouge en même temps… Le taux de retour énergétique, par exemple.

– Le quoi ?

– Ça t'indique le rapport entre l'énergie produite et l'énergie investie pour la produire. Ce taux est en chute libre pour l'ensemble des énergies fossiles. En clair, ça veut dire que, bientôt, pour extraire un baril de pétrole, il faudra brûler un baril de pétrole ; ce sera une opération blanche, si je puis dire, qui ne rapportera plus un kopeck. Et ça, ça signifie l'arrêt complet de la machine économique, des services de base.

– Tu oublies les énergies renouvelables.

– Là aussi, le TRE fait du rase-mottes… Qui plus est, pour fabriquer une éolienne, imagine ce qu'il faut de pétrole, et aussi de métaux rares, qui arrivent déjà à épuisement… On a déjà franchi plusieurs pics.

– Des pics ?

– Le moment où la courbe de production d'une matière première ou d'une source d'énergie décline irrésistiblement. Sans argent (le métal), plus d'éoliennes ! Et sans lithium, alors ! On est face à un mur thermodynamique ! Les renouvelables ne pourront, quoi qu'il arrive, jamais prendre la relève des fossiles, dis-le-toi bien. »

Il avait l'air si sûr de lui que j'ai encaissé :

« Oh, putain... Tout de même, en dix ans, on a la capacité de se ressaisir, non ? Regarde toutes les initiatives qui sont lancées, le changement de mentalité, le Giec, tout ça...

– Je n'y crois pas un instant. Nous savons que chaque année qui passe sans agir aggrave la situation, et malgré tout, en connaissance de cause, nous persévérons sur la voie traditionnelle. Nous implorons la croissance ! Les Chinois et les Indiens veulent toujours plus de bagnoles et d'avions. Et nous, pareil ! Tu veux connaître le fond de ma pensée ?

– Euh...

– L'homme *veut* assister à son propre plongeon. Tu sais ce que dit Nietzsche ?

– ...

– "Si tu regardes longtemps dans l'abîme, l'abîme regarde aussi en toi." Nous voulons tous voir comment va se passer notre fin. La fascination de l'abîme. Une pulsion suicidaire de masse, comme les lemmings qui se jettent des falaises. On s'euthanasie sur le *Titanic* ! On danse pendant le naufrage ! »

Billotte s'était mis tout à coup à parler très fort. Aux mots d'*euthanasie* et de *Titanic*, des têtes s'étaient tournées vers nous. J'ai botté en touche, dans l'espoir qu'il baisse le volume :

« Et ta baraque, alors ? »

Ses paroles avaient touché quelque chose de sensible en moi que j'aurais aimé oublier. Sans doute était-ce ce que je cherchais à esquiver en détournant la conversation. J'ai repensé à l'enfant qui attendait que la neige tombe et paralyse la Machine. À l'époque – les années 70 –, nous aurions sans doute encore pu faire quelque chose, mais désormais, devant son plat de mafé qui froidissait, Billotte postillonnait qu'il était trop tard, beaucoup trop tard. Et machinalement, j'ai consulté ma montre. Mon heure de pause serait bientôt terminée. Je n'étais plus aussi révolté que le gamin des années 70, voilà tout. J'étais devenu songeur et je n'avais pas même de ferme corrézienne où me réfugier en cas d'effondrement. Quant à la neige, elle avait fondu depuis belle lurette et je savais bien qu'on ne pouvait plus compter sur elle, depuis qu'on avait trop poussé la chaudière du globe.

« Ma baraque ? Ah ! si tu voyais ça. Tiens, j'ai des photos… »

Et le voilà reparti, l'autre, avec ses fantasmes d'autarcie, son élevage de poules et de canards… Il ne m'a rien épargné, pas même le puits qu'il comptait creuser pour boire une eau pure, tombée sous Louis XV…

Ensuite, il a pris un air de conspirateur et baissé le ton pour me préciser qu'il profiterait du pognon de Mondo pour s'acheter un petit arsenal. Des armes ? Je l'ai imaginé en Rimbaud, saison deux, du côté de l'Abyssinie.

« Tu es amateur d'armes, Thibaut ?

– Pas du tout, mais nous devrons tous en passer par là.

– Ah bon ? Pourquoi ?

– Pour nous défendre ! Et tu sais pourquoi j'ai acheté dans ce coin paumé ?

– Parce… parce qu'il est paumé ? Pour t'entraîner au tir ?

– Non. Parce qu'on y trouve à peu près toute la gamme des plantes comestibles de la région. Je m'entraîne à les reconnaître, pour plus tard.

– Ah, oui… »

Cette fois-ci, je me suis gardé de relancer. J'avais plus que ma dose et ma pause arrivait à échéance. Au moment de régler, Billotte s'est emparé de l'addition et j'ai cru qu'il comptait m'inviter pour me dédommager de l'avoir écouté refaire le monde, ou plutôt le défaire. Il a ôté ses lunettes de myope et a calculé la part exacte qui lui revenait, car il n'avait bu que de l'eau et son mafé, reconnaissons-le, coûtait un euro dix de moins que mon poulet yassa. Puis il a aligné en espèces le montant de son dû, majoré d'un pourboire de dix centimes.

SECONDE PARTIE

I

La séance de négociations n'était prévue que dans l'après-midi, ce 7 mars, mais Audet est entré dans nos locaux aux alentours de dix heures trente. Nous ne l'attendions pas si tôt. Nimbé d'une lotion après-rasage à long rayon d'action, il arborait un large sourire, l'air de n'avoir rien à se reprocher et avec ça profondément satisfait, comme s'il venait de pondre un étron d'anthologie. J'ai tourné la tête vers mes écrans, machinalement. Ma rétine avait tout de même eu le temps de fixer son image et je lui ai trouvé les traits considérablement changés, creusés, ce que Franck m'a confirmé par la messagerie instantanée.

Tout le restant de la matinée, après un long tête-à-tête avec le rédacteur en chef des services anglophones, Enguerrand Audet a fait des allées et venues dans la rédaction, saluant les uns par leur prénom, gratifiant les autres d'un sourire ou d'une poignée de main virile. Très policé, il sacrifiait à de petites mondanités, minaudait avec ses futures victimes. Le chat jouait avec ses mulots. Nous l'observions en coin, Franck et moi. Je m'étais attendu à ce que, comme un seul homme, mes collègues refusent de lui adresser la parole et de lui serrer la main, et ne lèvent pas le nez de leur écran. Un bel élan d'unité ! On allait lui apprendre à vivre… Personne ne répondrait à son sourire par un autre sourire !

J'ai vite déchanté. C'était Enguerrand par-ci, Enguerrand par-là. À qui voulait l'entendre, il narrait son chemin de gloire au sein de Mondo.

Ainsi, certains lui parlaient, paisiblement, comme s'il était là en cure thermale et nous faisait une petite visite de courtoisie. Il arrivait même qu'on entende un petit éclat de rire, aussi bref qu'un craquement d'allumette. J'aurais aimé me transformer en chat de gouttière et feuler dans sa direction d'une haleine fétide.

Les jours suivants, cela a continué. Il s'attardait ici et là, devisait tranquillement. Dans nos conciliabules, nos apartés amers, même ceux qui ne le portaient pas dans leur cœur le désignaient par son prénom, ce à quoi je me refusais. À mes yeux, il était « Audet », c'est tout. La plupart de mes collègues faisaient montre d'urbanité à son égard, quand bien même il n'était pas là : « Il faudra poser la question à Enguerrand », « Enguerrand a fixé trois conditions… », etc. Ceux qui le désignaient par son prénom pensaient-ils l'adoucir en lui faisant bon accueil ? Les avait-il maraboutés, ou bien se réfugiaient-ils dans le déni ?

Entre les rounds de négociations, il déambulait dans les couloirs en guettant nos regards avec un sourire figé. Un matin, il a croisé Franck, lequel, il est vrai, avait dû se lever du pied gauche. Franck avait quoi qu'il en soit un caractère bien trempé, ce qui n'était pas le cas de tous ici, panurgisme et pleutrerie faisant chez nous office de « religion d'État ».

« Salut, Franck, tu vas bien ? » lui a lancé Audet.

À quoi, sur un ton indifférent et froid, Franck a répondu :

« Monsieur, je ne vous salue pas. »

Je jubilais… Enfin un type qui avait du cran. Qui n'avait pas de la merde dans les yeux. En d'autres temps, cela aurait fini par un bon vieux duel dans la rosée du petit matin, mais notre époque ayant perdu tout panache, Audet a poursuivi sa marche sans relever.

Je n'avais pas le même cran que Franck. Quelques jours plus tard j'ai croisé Audet dans la rue et il m'a salué par mon prénom. J'ai fait celui qui ne le voyait pas, comme s'il était transparent. Je n'ai pas cherché à éviter son regard, non ; je l'ai traité comme un des passants inconnus auxquels il ne me serait pas venu l'idée d'adresser le bonjour. Que pouvait-il contre moi ? J'allais perdre mon emploi, mon seul et unique emploi, pour l'obtention duquel mes parents s'étaient mis en quatre en me payant les meilleures études possibles. Audet allait détruire mon emploi mais il ne parviendrait pas à détruire ma dignité.

L'un d'entre nous veillait en revanche à bien saluer Audet : Jérôme Bouffet. Certains avaient surpris des apartés entre eux, suffisamment pour faire courir la rumeur selon laquelle Bouffet, qui passait pour une « étoile montante » dans nos services, préparait activement son avenir. Audet et lui allaient faire copain-copain et notre grand réorganisateur disposerait d'un allié dans la place pour parvenir à ses fins.

À cet instant, néanmoins, rien n'était joué. Bouffet faisait courir la rumeur de son départ, avec un sourire désabusé et une formule un tout petit peu rimbaldienne : « Mon avenir est ailleurs. » Car il s'estimait toujours dépositaire d'un avenir d'exception. Sans doute pensait-il par ce stratagème oratoire qu'on allait le supplier de rester. Audet marcherait-il, et lequel ferait le plus marcher l'autre ? Lequel serait plus Machiavel que l'autre ? Dans les premiers temps de cette période troublée, Bouffet avait eu les traits tirés, pour ne pas dire crispés. Il avait accusé le coup et perdu probablement une bonne partie de son sommeil à retourner la situation en tous sens... Mais il avait recouvré sa mine d'intrigant. Il devait tenir quelque chose... Sa capacité d'adaptation était remarquable, il faut en convenir. Et puis, il n'avait pas été sans noter que Jean Réquin, autre étoile montante, était entré dans le jeu peu auparavant et qu'il tentait de se concilier Audet. Or, face à cette offensive, Bouffet devait sentir en lui fermenter le vinaigre de la jalousie. Il jetait toutes ses forces dans la bataille.

Jean était très économe de ses sourires. Il compensait embonpoint et taches de rousseur par un excès de compétence dans son domaine et un surcroît d'énergie. Et, comme disaient les mauvaises langues, son embonpoint ne l'empêchait pas de gravir les échelons. Aurait-il été sympathique, il m'aurait « épaté », comme on disait dans les années 70. Sa sympathie, il devait la réserver à ses sources, qu'il bichonnait au téléphone – courtiers, analystes et autres humoristes de cet acabit.

Je dois avouer que, à sa façon, Enguerrand Audet m'estomaquait lui aussi, et je m'en voulais d'avoir des sentiments contrastés à son égard. Disons que ma fascination et ma méfiance étaient étrangement mitoyennes, comme il arrive parfois. Ce voisinage désagréable était pourtant bien réel. À certains moments, même, la fascination l'emportait, d'une courte tête, car force était de reconnaître qu'il s'était bien débrouillé, très bien débrouillé. Je revoyais le jeune stagiaire d'été débarqué chez nous quinze ans plus tôt pour faire ses gammes au service matières premières. Jeune et pour tout dire un peu gendre idéal, tel était l'Enguerrand d'alors : jamais un mot au-dessus de l'autre, un discours policé assaisonné de sourires. Avec ça, un travail et un intellect tout à fait corrects ; oh, sans plus, mais Audet avait l'art de maintenir ses performances juste au-dessus de la ligne de flottaison, de sorte que chacun de ses contrats à durée déterminée avait été reconduit, durant neuf mois, jusqu'à ce qu'il intègre d'autres bureaux et se fasse embaucher par celui de Moscou.

Certains, comme Élise ou Christophe Noguès, voire Constance Prioux, se refusaient à lui en vouloir, préférant garder de lui le souvenir de ses débuts parmi nous. Ils l'humanisaient : « On le connaît, il nous connaît bien et il sait dans quelles conditions on travaille. C'est un sacré atout », serinait Constance. Ce n'était pas faux. « Lui ou un autre, ce serait du pareil au même, tempérait Noguès. Il a été chargé de sabrer dans les effectifs, c'est vrai, mais il n'est rien de plus qu'un exécutant. Il ne décide rien. S'il n'était pas là, le Siège aurait mandaté quelqu'un d'autre et le résultat serait sans doute pire. À tout prendre, mieux vaut un type qu'on connaît. »

Le connaissait-on vraiment ? J'avais ma propre grille de lecture du personnage, que j'étais allé puiser dans l'Empire ottoman. Jusqu'en 1826, l'ordre des janissaires avait constitué un corps d'élite dont la singularité tenait aux origines de ses membres, de jeunes chrétiens enlevés lors de razzias ou de recrutements forcés, puis convertis à l'islam et formés à la carrière militaire ; petit à petit, ces esclaves devenaient plus turcs que les Turcs, au point que certains se hissaient à de hautes fonctions à Constantinople. Les Ottomans aimaient particulièrement ces chrétiens, disciplinés, bien intégrés et excellents fantassins.

Pour nos sultans de Seattle, Audet était de la meilleure graine de janissaire. Celui qui revenait chez nous était certes Enguerrand, et dans le même temps c'était un autre : le produit parfait du janissariat moderne, le fruit d'une déculturation complète puis d'une re-culturation, de la même façon qu'un petit séminariste géorgien était devenu le parfait janissaire de l'Union soviétique sous le surnom de Staline. Oui, Audet avait été comme reprogrammé et celui que nous retrouvions n'avait pas grand-chose à voir avec celui que nous avions quitté. Il n'avait pas été « enlevé », mais c'était pourtant d'ici qu'il était parti, tout jeune, avant d'être converti, reformaté par la pensée MondoNews, qui avait fait de lui un fantassin « plus turc que les Turcs », au point qu'il avait gravi des échelons de la hiérarchie.

Parfois, je me dis que je devrais tout interrompre ici dans le récit de cette histoire : arrêt sur l'image d'Enguerrand Audet, arrêt définitif… Car je ne suis pas d'accord avec ceux pour qui lui ou un autre, ç'aurait été du pareil au même. Ce qui est fondamental, c'est qu'il a tenu à jouer ce rôle-là, lui. Qu'une personne comme lui ait accepté cette mission. Sans hommes de main, les pouvoirs s'effondreraient tout de suite : La Boétie le disait dès son XVIe siècle. Si aucun Audet n'avait accepté ce travail, il n'aurait pas pu être commis et nous serions encore là, heureux de gagner notre vie, fiers d'appartenir à une société humaine.

La première séance de négociations a été l'occasion d'une offensive en règle de la direction mondiale, représentée en l'occurrence par Enguerrand Audet, Steve Bright, un Américain ayant rang de *Sales Manager Europe and Middle East*, chargé de l'assister plus ou moins discrètement, sans oublier Charles Molinié, notre ombrageux directeur des ressources humaines qui, racontait-on, ne manquait jamais la messe dans une église intégriste de la capitale. Le Siège tenait à montrer ses muscles. Hervé, Constance et Fabien, les élus syndicaux qui ont participé à la réunion, en sont ressortis rincés. J'ignore s'ils étaient arrivés à la séance comme des enfants de chœur, mais ils ont pris une sacrée claque et n'ont pas compris qu'on leur ait vivement reproché la petite grève de vingt-quatre heures observée trois jours plus tôt.

Sans doute étais-je « hors sol », comme me l'a dit Hervé avec un air préoccupé, mais pourquoi n'aurions-nous pas lancé une contre-offensive tout de suite, avec une grève massive et longue, assortie de contre-propositions ? À peine si Cédric Langlois et moi avons obtenu un haussement d'épaules et une moue lorsque nous l'avons suggéré. Ce devait être à leurs yeux un fantasme à la Jack London, d'un autre temps. *Idem* quand j'ai émis l'idée d'une baisse de dix pour cent des plus hauts salaires afin de sauver quelques emplois – au moins quatre ou cinq, d'après mes calculs. Fallait-il donc vraiment qu'un chef de service ou un directeur soit payé sept ou huit mille euros, en salaire mensuel net, par ces temps de crise ? Pourquoi ne pas imaginer aussi d'autres économies qui ne visent pas la masse salariale ? Devions-nous vraiment conserver ces locaux de prestige bien trop vastes pour nos effectifs, dans un quartier aussi cher ? Avec une superficie divisée par deux, dans un arrondissement moins onéreux, ne sauverions-nous pas plusieurs emplois ? Je n'osais pas imaginer combien de dizaines de milliers d'euros coûtait chaque mois le loyer dans ce quartier proche des Halles et de la rue Montorgueil. « Le bail n'arrive à échéance que dans deux ans, Aurélien, a voulu me raisonner Hervé, avec l'air de celui qui maîtrise ses dossiers. Si on le résilie maintenant, le montant des pénalités à verser va... »

Il aurait été périlleux pour moi de m'aventurer plus avant dans notre discussion, car, au stade où nous en étions, Hervé n'était pas loin d'invoquer l'argument massue, la « prise de judo » qu'il gardait pour les cas où il ne réussissait pas à circonvenir l'adversaire : « Écoute, Aurélien... Si tu veux, tu peux t'encarter et venir négocier avec nous, passer des nuits d'insomnie à chercher des arguments qui tiennent la route, à étudier les règlements, éplucher les comptes rendus des réunions passées... » Il n'aurait pas eu tort de me remettre à ma place, si bien que je n'ai pas évoqué l'idée d'une baisse générale et volontaire de nos salaires – nous touchions entre trois mille cinq cents et cinq mille euros, net, par mois et en perdre deux ou trois cents ne m'aurait pas choqué si nous avions pu préserver une dizaine d'emplois de cette façon, mais j'entendais déjà le tollé :

« Tu veux faire le jeu de la direction ? Vas-y ! C'est une belle idée ultra-libérale et ils n'attendent que ça, qu'on propose nous-mêmes de réduire nos salaires, tiens ! Tu vires à droite, toi aussi ? » Aussi n'ai-je pas exposé ma pensée, n'ayant pas envie de me retrouver au ban du troupeau. Et puis, c'est vrai, n'étais-je pas *de gauche* ? N'aurais-je pas dû avoir honte qu'une idée pareille ait serpenté dans ma pauvre tête ?

Ah ! Audet pouvait continuer à distribuer des sourires et attendre que viennent à lui ceux qui rêvaient d'une promotion dans la future « équipe resserrée »... Oui, il pouvait rôder tranquillement autour de notre troupeau, rien ne s'opposait à lui. Son instinct l'avertissait que, tôt ou tard, Jean Réquin demanderait à lui parler. Enguerrand Audet les connaissait, celles et ceux de cette espèce. Non seulement il savait qu'il viendrait vers lui, mais il connaissait par cœur les phrases qu'il lui servirait pour sauver sa carrière ; les mêmes arguments revenaient toujours, dans ces cas-là, depuis la nuit des temps. Et il le sauverait, Jean, avec sa petite carrière, car ils avaient besoin de soutiens comme lui...

Jérôme n'en posait pas moins ses jalons. On n'entendait plus parler de lui. Or, moins il faisait de bruit, plus il agissait : la coulisse était son biotope. Il ne prospérait jamais autant que dans l'ombre, où les lames des couteaux ne renvoient aucun reflet. Il y avait en lui du Raspoutine, à qui il avait emprunté ses yeux perçants.

II

J'ai eu la chance, dans ces temps-là, d'avoir pour ami un certain Maurice Barteuil, sexagénaire dilettante et un brin dandy qui distillait ses plaquettes de poésie chez le même éditeur que moi. En tant qu'auteur, Barteuil se faisait rare, pour ne pas dire rarissime. Embusqué derrière un pseudonyme dont il n'abusait pas, il publiait avec parcimonie. Il s'économisait. Quatre recueils de poésie en tout et pour tout, dont la parution s'était échelonnée sur une trentaine d'années – « mes Trente Glorieuses », disait-il avec une pointe d'autodérision et de nostalgie, car il n'avait pas pondu le moindre vers depuis huit ans.

J'appréciais nos conversations singulières, sans rien de commun avec celles que j'avais avec d'autres amis ou avec mes collègues. Chacune de nos discussions me faisait l'effet d'un contrepoison qui me guérissait de la frénésie du monde du travail. Barteuil n'avait jamais exercé de métier salarié, préservant son indépendance et vivant de collaborations épisodiques à des revues ou d'ateliers d'écriture. Pour mon âme en peine, il était l'antidote à MondoNews.

Un soir, au téléphone, il m'a confié sa dernière lubie : « Nous devrions lancer un nouveau mythe. La littérature n'en a pas créé depuis longtemps. Depuis Frankenstein et Mary Shelley peut-être... » Affirmer qu'il disait cela avec sérieux ne serait pas l'exacte vérité. Cela étant, comme toutes les idées qui lui passaient par la tête, cette toquade ne relevait pas non plus entièrement de la fantaisie. Un nouveau mythe... J'ai souri. Sacré Barteuil ! Pensant qu'il avait réfléchi à la question et qu'il serait intéressant de l'entendre là-dessus, je lui ai proposé de prendre un verre le lendemain.

Lancer un mythe n'est cependant pas une mince affaire. Au bout du troisième verre de sauvignon, n'ayant toujours rien ébauché de consistant bien que l'alcool soit le levain des idées, nous avons tacitement remis notre quête à une date ultérieure, car, contrairement à ce que j'avais imaginé de façon un peu hâtive, Barteuil n'avait nullement songé à son ambitieux projet. Aussi notre conversation a-t-elle changé de cap et ai-je dressé un tableau singulièrement sombre de la situation chez Mondo, qui commençait à m'angoisser passablement.

Lorsque le chapitre social ou politique revenait sur le tapis, comme c'était le cas avec MondoNews, Barteuil s'échauffait. Ses yeux s'étrécissaient et fixaient obstinément un point du mur d'en face et il me resservait son discours favori. Je dois préciser ici que, une fois lancé, il était inarrêtable. La seule chose à faire était d'attendre patiemment, au bord de son discours, qu'il quitte de lui-même l'état dans lequel il s'était mis, et je me gardais bien de l'interrompre, de la même façon qu'on ne réveille jamais un somnambule.

« Ils n'ont plus personne en face, tu comprends... (Par *ils*, mon ami désignait la nébuleuse imprécise des puissants de ce monde, au sein de laquelle les patrons du CAC 40 côtoyaient les grands argentiers et, par extension, l'ensemble de leurs larbins, à savoir les hommes politiques de la droite comme du centre gauche.) Plus personne ! Depuis la chute du Mur, ils ont les mains *totaaaaalement* libres ! Ils peuvent faire ce qu'ils veulent et ne s'en privent pas ! Avant, au moins, ils avaient la *trouille*... Quand une moitié du monde était sous la botte de l'Armée rouge, ils n'osaient pas commettre des choses pareilles... Ils faisaient dans leur froc ! Ils tremblaient devant les syndicats et veillaient bien à ne pas dépasser certaines li-mi-tes ! (Barteuil articulait très lentement « li-mi-tes », les yeux fixes, comme sous hypnose.) Par peur des grèves. Par peur des partis qui avaient un *vrai* programme et voulaient changer *tout ça*. Mais maintenant que le Mur est tombé, c'est fi-ni ! »

Avec d'infimes variantes, mon ami a poursuivi sur sa lancée pendant trois à quatre minutes. J'opinais d'un air pénétré, jusqu'à ce que le flot de ses paroles tarisse. Je n'opinais pas pour le contenter ; j'étais d'accord dans les grandes lignes et je ne me lassais pas de réentendre son discours, qu'il débitait en foudroyant des yeux le mur d'en face.

J'ignore au juste ce qui me nourrit au contact de cet homme hors du commun. Peut-être mène-t-il une version épurée, idéalisée, de la vie que je souhaiterais pour moi ? Peut-être recherche-t-on chez ses amis une part manquante de soi-même. J'ai toujours vu en Barteuil une sorte de « réserve naturelle » de la pensée. Sanctuaire épargné par la culture *mainstream*, son esprit est un peu le conservatoire d'une certaine spiritualité et de totems soixante-huitards qui se sont raréfiés dans le monde de mâles alpha en col blanc au sein duquel j'ai eu à me débattre chez Mondo. Autant dire que je me ressource auprès de ce compagnon. Passer la ligne de démarcation et m'aventurer de son côté de la pensée me permet de raviver des concepts un peu passés de mode auxquels je tiens comme un collectionneur à des monnaies qui n'ont plus cours. Oui, Barteuil est un antiquaire des idées.

*

Ce jour-là, nous n'avons pas lancé de nouveau mythe et cependant écouter Barteuil m'a rasséréné ; en le quittant, je me sentais un peu mieux armé pour affronter les temps à venir. Je dis « *les* temps » car, de fait, deux formes de temps radicalement opposées allaient se succéder chez Mondo, aussi pénibles l'une que l'autre. Nous en sortirions essorés.

La première que nous avons connue s'est étirée sur toute la phase des négociations. Ce fut une période comparable à des sables mouvants. Encalminés dans la mer des Sargasses, nous attendions que le vent remette en mouvement les aiguilles du temps. Le condamné qui aimerait savoir sa sentence, le malade qui n'aura les résultats de ses analyses que dans une semaine ne le connaissent que trop bien. Ce temps élastique sonne constamment occupé. On parle de « tuer le temps », mais c'est le type même de temps qui vous tue à petit feu ; et si aucun d'entre nous, chez MondoNews, n'a mis fin à ses jours durant ces deux mois, nous en avons tous émergé amoindris.

La forme de temps qui a succédé aux négociations, très différente, a duré un mois. C'est celle que l'on connaît lorsqu'il faut impérativement trouver la sortie d'un labyrinthe dans un délai très serré. Alarme, montée d'adrénaline, panique. Tachycardie.

Restons-en pour le moment à la première forme de temps. Deux mois durant, je me suis cogné contre moi-même, me couvrant de bleus parce que je n'arrivais pas à m'éviter. Et si tout capotait ? Et si, impatiente et irritée, la direction optait pour des licenciements à la hache, assortis de primes misérables ? Et si je ne réunissais pas les conditions requises pour foutre le camp ? Et si et si ? Il était épuisant de se cogner tout le temps à soi-même. Je sais que chacun, dans son for intérieur, abrite un « monastère inaccessible » où son moi est toujours à l'abri des avanies. Mais où donc s'embusquait-il, ce cloître de sérénité ? Oh ! éclairer mes ténèbres ! Des champs élyséens où ils étaient installés confortablement depuis deux mille ans, les stoïciens de la Rome antique tentaient bien de me guider avec force cris et signes de la main, mais je n'ai jamais été doué en latin ni en grec et, pour le dire franchement, Sénèque, Épictète et Marc Aurèle avaient beau faire, je ne trouvais pas le chemin.

Des négociations, pratiquement rien de clair ne filtrait. La tension qui avait gagné la rédaction en février était retombée, mais il arrivait que les basses pressions dans lesquelles nous baignions soient ponctuées de sautes brutales. Avec le fiel souriant et badin dont elle est capable – j'en gardais un souvenir encore vif – Aline Huntziger a fait remonter la tension, un matin, en évoquant un aspect qui avait échappé aux candidats au départ : la formation de reconversion. La période de reclassement. Aline n'avait pas l'intention de quitter Mondo, mais, au fond d'elle-même, elle enviait celles et ceux qui s'apprêtaient à le faire. La jalousie teintait sa voix, envenimait ses regards. Quant à ses paroles, elle savait les tremper dans l'acide. Un matin, donc, alors qu'Élise Flavigny confiait autour d'elle son intention de partir au plus vite, Aline a laissé perler un petit rire et lui a fait remarquer, l'air de rien : « Mais si tu veux vraiment partir dans le cadre d'un plan de départs volontaires, qu'est-ce que tu crois, ma belle ? Il faut que tu présentes un projet professionnel solide et cohérent, que tu trouves une formation de reconversion qui veuille bien de toi... Et ensuite, tout ça doit être validé par une commission. Tu crois sans doute qu'on part comme ça en empochant le gros magot ? Tu crois vraiment qu'un licenciement, c'est un hold-up réussi ? Tu as réfléchi à tout ça ? »

Non, Élise n'y avait pas réfléchi. Moi non plus. Nous tombions de haut. J'ignorais qu'un plan de départs volontaires, vers quoi nous nous dirigions, était encadré de conditions impératives comme un projet de création d'entreprise ou de micro-entreprise, ou une formation de reconversion, un départ à la retraite ou une embauche ferme, et cette découverte, confirmée par les informations glanées sur Internet, m'a accablé. Il allait donc falloir repérer soi-même la sortie du labyrinthe, à considérer qu'il en existât une... C'était le principe de la double peine : non seulement on nous mettait dehors mais, au moment où nous étions le plus fragilisés, on nous demandait de nous dépêcher de trouver une formation qu'il faudrait subir à forte dose, pendant un an, au lieu de goûter à la liberté, à cinquante-six ans – soixante pour certains. Au lieu de goûter au repos et de réfléchir à quoi faire de ce qui restait de notre vie...

Mais le repos semblait ne pas être de ce monde. Pas pour nous. Un an ! Les syndicats ont confirmé la durée.

Un an, ou quatre cents heures au minimum, à retourner à l'école parce que ma boîte ne voulait plus de moi.

« Et pour ceux qui ont soixante ans, c'est le même tarif ? ai-je demandé à Constance.

– L'âge ne change rien. La loi est la même pour tous.

– Et c'est à nous de chercher cette formation, bien sûr ?

– C'est ça. »

J'aurais mis en pièces la grande âme qui avait conçu cette putain de loi. À force de retourner les conditions dans ma tête, j'ai fini par entendre non plus « quatre cents heures de formation » mais « quatre cents heures de travaux d'intérêt général », comme une sanction réservée à un jeune délinquant. Le législateur croyait-il véritablement que, à près de soixante ans, une obligation de formation redonnerait un travail ? Puisque j'allais entamer une nouvelle existence comme rebut du monde du travail, pourquoi m'obliger à faire semblant d'en chercher ? Face à ma mine abasourdie, Doumenc a enfilé son plus large sourire pour me livrer ses pensées : « Ça fait toujours ça de moins dans les statistiques du chômage, c'est tout... Ces formations à la noix, ce sont des crèches pour hommes, ni plus ni moins... Pendant un an, tu es *missing in action* : tu ne fais plus partie de la population active, mais tu restes miraculeusement absent des statistiques de Pôle emploi, et la boîte te verse encore ton salaire. Tu as glissé dans un espace intermédiaire, mon vieux, dans les limbes du monde moderne. »

*

Le temps spongieux des deux mois de négociations a été ponctué par les allées et venues d'Enguerrand Audet dans nos couloirs, allées et venues dont il ne se privait pas, tirant manifestement une certaine jouissance à déambuler parmi nous, pauvres sursitaires, et à écouter nos questions anxieuses sur l'évolution de la *situation*, auxquelles il se gardait d'apporter des réponses claires. Je détestais le croiser, mais, lorsque cela m'arrivait, j'en profitais pour déchiffrer sa figure comme une carte météo, car on y décelait de petits indices qui en disaient long sur l'état des négociations. Tantôt il affichait son sourire figé, tantôt ses traits étaient tirés. À peine son sourire obsédant donnait-il des signes de faiblesse que notre moral redressait le menton. Les syndicats lui faisaient donc manger son chapeau... Le hâle qu'il arborait à son arrivée commençait à passer ; bientôt, comme nous, il aurait une mine de papier mâché. Dormait-il mal, comme nous ? La fatigue, l'épuisement le guettait-il ? Fais-nous un beau petit *burn out*, Enguerrand... Allez...

Par trois fois, durant ces semaines, il a dû se rendre à Seattle. Profitant de ces laps de temps suspendu, nos délégués décompressaient, faisaient le point et comptaient les points, cherchant à imaginer quel élément ou quelle arme nouvelle l'individu était allé se procurer sur la côte Ouest. Après quoi les négociations reprenaient, mais les délégués restaient muets comme des carpes. Leur silence finissait par devenir suspect même aux moins paranoïaques d'entre nous. Pour le commun des mortels, absolument rien de concret ne filtrait, sinon un élément auquel la direction semblait particulièrement attachée et que, d'emblée, elle s'était fait fort d'ébruiter : les salariés dont les services seraient démantelés devraient être prioritaires pour le plan de départs. Ceux dont l'activité n'était pas remise en question seraient, de fait, non prioritaires, ce qui limiterait leurs chances de partir. Comme mon service était voué aux oubliettes, je passerais donc en premier, et je dois dire que cette perspective, même si elle n'était pas encore définitivement actée, m'aidait grandement à patienter.

III

J'étais encore sous le coup des propos d'Aline sur l'obligation de suivre une formation de reconversion lorsque, le 7 mai, un accord a été signé entre les syndicats et la direction. Le délai avait été respecté. Il ne restait plus qu'à attendre le feu vert de l'Inspection du travail, ce qui, *a priori*, était une formalité ; ensuite, nous pourrions passer à l'étape suivante : boucler nos dossiers de candidature au départ. Enguerrand Audet affichait une mine resplendissante.

Les négociations avaient abouti. Nous sortions du tunnel. Dans l'euphorie, Hervé Deslaurens et Constance Prioux ont énuméré les conditions financières prévues pour les candidats au départ. Un mois de salaire par année de présence, comme indemnité spécifique, à quoi s'ajouterait un demi-salaire par année d'ancienneté, en tant qu'indemnité complémentaire de rupture : de quoi aiguiser les envies de fuite. C'était un joli hold-up, oui, sans redouter d'entendre la sirène des flics. De quoi faire des projets, envisager la suite sans crainte… Un mail synthétisant les diverses dispositions de l'accord devait suivre, dans la soirée ou bien le lendemain matin au plus tard.

Tout le restant de l'après-midi, le sourire a été notre seule monnaie d'échange. La parole devenait superflue. Les chuchotements étaient révolus. Le petit flux de ragots qui circulait habituellement entre nous avait tari. L'accord ensoleillait l'avenir. Nous étions confiants. Cette après-midi-là, chacun l'a passée en enfance. Les yeux d'Élise pétillaient. Franck était trop heureux pour plaisanter. Thibaut Billotte devenait causant, presque sympathique. Il racontait à qui voulait l'entendre ses projets de bicoque en Corrèze, et nous, on le félicitait. De plus, il avait la gentillesse de ne pas rappeler que la civilisation n'en avait plus que pour dix ans. J'ai trouvé une minute pour m'isoler et communiquer la nouvelle à Adèle. Elle était en réunion, elle ne pouvait pas me parler longtemps au téléphone, mais comme elle était contente pour moi ! Moi aussi. On arroserait ça le soir, sans faute.

C'est vers la fin de la soirée que le mail de synthèse est apparu dans ma messagerie. La confirmation écrite… Adèle était partie se coucher. Nous avions trinqué avec une bonne bouteille – un lalande-de-pomerol 2014 brutalement tiré de son sommeil à la cave et dont j'ignore s'il avait des arômes fruités ou une touche boisée. Ce grand cru avait pour moi des notes de liberté, c'est tout. Adèle était heureuse de me voir sourire à nouveau. Je serais plus présent, désormais – à la maison, dans notre vie de famille, lui ai-je dit ; et puis, j'aurais du temps, plein de temps pour lancer mon grand projet poétique. Adèle avait eu la patience de m'écouter, amusée, lui reparler de ce vieux projet sans cesse remis à plus tard et qui, maintenant… On allait voir ce qu'on allait voir !

J'ai cliqué sur une des deux pièces jointes, titrée *SYNTHÈSE*, qui s'est déroulée sous la forme d'un tableau en quatre rubriques : « Indemnités », « Ancienneté », « Calendrier d'application » et « Autres dispositions ». « Indemnités » reprenait ce que Constance et Hervé nous avaient annoncé dans l'après-midi. « Ancienneté » ne signalait rien de particulier. Rien de surprenant non plus dans le champ « Calendrier d'application ».

Le diable ne se cachait pas dans les détails. Je l'ai déniché dans la case du bas de tableau. La rubrique « Autres dispositions » comportait quatre points. Le premier stipulait que nous serions accompagnés tout au long de notre période de reclassement par le cabinet Opportunities, avec lequel il conviendrait de prendre contact pour formaliser un dossier de candidature au départ. Soit. Le deuxième point stipulait que Bouffet serait chargé de diriger les « équipes resserrées », dans le cadre de la réorganisation. Quant au troisième point, il énonçait une disposition en apparence anodine : « Il n'y aura pas de distinction entre degré 1 et degré 2. Tous les salariés des services de langue française peuvent candidater sur un pied d'égalité. » J'ai aussitôt tiqué. N'était-il pas entendu ou sous-entendu, depuis deux mois, que les membres des services devant être démantelés seraient prioritaires ? Si nous étions tous prioritaires, personne ne l'était plus. En vertu de cette disposition, je n'appartenais donc plus au peloton de tête. Les partants formeraient un seul et unique troupeau... Quelque chose de confus me chiffonnait, que je ne parvenais pas à formuler. Et cette abstraction ne me disait rien qui vaille.

Le mail était assorti d'une seconde pièce jointe, qui recelait le fin mot de l'histoire, même si le titre du fichier n'était guère éclairant : *Critères*.

Un double clic et la voilà qui s'ouvrait. Pour la qualité de mon sommeil, cependant, et pour me laisser savourer encore un peu l'accord, mieux aurait valu que je m'en abstienne. Trop tard. Déjà, je tombais de haut. Je gâchais une journée qui, jusqu'à vingt-trois heures douze, avait été très belle. Au-dessus d'un tableau s'étalait un titre inquiétant :

Critères de départage retenus.

Au cas où il s'avérerait nécessaire de départager des candidats, seront appliqués les critères suivants :

Cela revenait à établir de nouvelles règles de priorité au cas où nous serions plus de trente à vouloir déguerpir, ai-je pensé aussitôt, persuadé que mon ancienneté jouerait comme un talisman. Dans la colonne « Barème », j'ai regardé quel type de salarié gagnerait le gros lot.

Ceux qui étaient assurés de partir, tout de suite ou d'ici un an, à la retraite à taux plein, et ceux qui avaient la garantie d'être embauchés en CDI après leur départ : quarante points. Ceux qui, comme moi à cinquante-sept ans, n'avaient d'autre choix que de s'orienter vers une formation de reconversion, obtenaient le minimum : vingt-cinq points. D'où sortaient ces chiffres, qui avait bien pu les pondre ? Entre ces deux pôles s'échelonnaient ceux qui produiraient une promesse de contrat à durée déterminée (trente-cinq points s'il était d'un an, trente s'il était de six à douze mois) et ceux qui comptaient créer leur entreprise (vingt-huit points).

Incrédule, j'ai relu. Je ne rêvais pas.

La question de l'ancienneté n'apparaissait que dans un second tableau. Il était spécifié qu'elle ne serait invoquée que pour départager des candidats à égalité de points en vertu du tableau n° 1. Or les vieux loups de mer comme moi, ayant plus de vingt-cinq ans de boîte, ne récoltaient que cinq malheureux points, à peine plus que les collègues dans la boîte depuis seulement dix ou quinze ans, mais autant – pas un de plus – que ceux qui avaient moins de cinq ans d'ancienneté. J'ai vérifié l'adresse de l'expéditeur pour m'assurer que ces tableaux n'émanaient pas d'un plaisantin, mais non.

Sur la table du salon trônaient toujours la bouteille de pomerol encore à moitié pleine et nos verres vides. Adèle devait dormir paisiblement. Vingt-trois heures trente. N'osant plus téléphoner à cette heure avancée, malgré mon envie d'échanger, je me suis contenté d'envoyer des SMS. À Billotte, avec qui mes relations s'étaient réchauffées depuis que j'avais eu l'infinie patience d'écouter ses oraisons crépusculaires. SMS également à Martin et à Cédric, à Damien Falgade, avec sensiblement le même texte affolé : Tu as vu le mail, ces histoires de critères de départage ? J'ai attendu, observant du coin de l'œil la luminescence de l'écran téléphonique, comme si, en quelques mots, j'avais sonné le tocsin au fond des campagnes.

Je viens de voir. C'est quoi ce truc ? (Cédric)

J en sais pas plus que toi... (Moi)

Ten avais entendu parler ? (Billotte)

Du tout du tout

Putain ca sort d ou ces criteres ? (Martin)

On y comprend pas grand chose...

Quel cerveau a pu pondre ça ?

Un coup d Huntziger sans doute. Elle intriguait. Elle est jeune et elle veut lancer sa boîte...

Je croyais qu elle voulait pas partir ?

On dit ça on dit ça

Mais elle n est pas syndiquée, Huntziger. Ou bien ?

Elle sest fait invitée aux réunion en observatrtice. Elle y participe

Si je comprends bien, ceux qui sont surs de toucher leur retraite vont rafler zussi le magot !

Ils veule privilégié ceux qui n'iront pas pointé au chômage

Tu aurais le 06 de Deslauren ou Prioux ?

Il faut faire quelque chose

Si les syndicats collaborent avec la direction dans notre dos, que veux tu faire ?

On va l avoir dans l os encore une foi

Si seulement on savait de qui ca vient ?

on en reparle demain hein ?

Faut refuser ce truc en blox. Tu as envoye un sms a Franck ?

Cette boucle vespérale, qui menaçait de s'élargir à d'autres participants, tournait à la jacquerie électronico-cacophonique. Il aurait été difficile d'en dégager une pensée cohérente.

Tout ça n'a pas eu beaucoup d'effet, sinon de faire chauffer tardivement nos téléphones. Je n'étais plus le seul à voir ma nuit gâchée et je m'en suis voulu un peu d'avoir contacté ces quatre collègues. Notre partie de SMS m'avait permis tout de même de vérifier que je ne déraisonnais pas et d'atténuer la bouffée d'angoisse qui avait monté en moi à la lecture des pièces jointes. Il ne restait plus qu'à attendre le lendemain... Aux toilettes, mes yeux sont tombés sur une carte que j'avais punaisée au mur des années plus tôt. Une affichette au format de carte postale émise par MondoNews au temps de sa gloire, et que je ne regardais plus depuis longtemps. Au milieu s'étalaient deux mots en gros caractères : **Company Objectives**. Tout en bas, le nom de la boîte et son logo, et puis en photo un jeune type blond et hâlé, mâchoire carrée, lèvres serrées. Des yeux genre « regard d'acier », comme on lit dans les romans. Ce type en chemise blanche et costard anthracite, mallette à la main, avait été photographié de face, en plein saut. Quel obstacle franchissait-il ? Impossible de le dire. On ne voyait que le cadre dynamique, cravate retournée par le vent, avec la griffe sur le revers. Un major des grandes écoles de l'arrivisme. J'avais du mal à imaginer que nous appartenions à la même espèce, lui et moi. Cet *Übermensch* de Wall Street, qui me faisait sourire naguère, ne m'a tiré ce soir-là qu'un rictus d'amertume. Il avait définitivement gagné et j'étais en train de perdre sur toute la ligne. J'ai ouvert l'armoire à pharmacie et doublé la dose de Norset. Le docteur Barraud me l'autorisait, exceptionnellement. Malgré ça, jusqu'à l'aube, je me suis retourné comme une crêpe, retournant dans le même temps les arguments des uns et des autres sans qu'il en sorte quoi que ce soit. J'étais dans de beaux draps. Au terme de quoi, épuisé, j'ai dû les quitter pour me lever.

*

Les mines étaient soucieuses. La rédaction baignait dans un silence recueilli, comme souvent. De petits îlots se formaient pour quelques minutes, et ces îlots conciliabulaient gravement. Puis ils se défaisaient. Chacun retournait à son écran, à ses graphiques, à un article à terminer. Certains commençaient à comprendre que la perspective de quitter Mondo s'estomperait pour eux s'il y avait affluence au guichet de départ et s'il fallait compter les points. D'autres affichaient un visage impassible, comme s'il n'y avait rien de nouveau sous le soleil. Ceux-là avaient dû faire le total de leurs points de départage et y trouvaient leur compte, aussi travaillaient-ils sagement, priant peut-être pour qu'aucune jacquerie ne remette en cause ces critères de départage qui les arrangeaient.

À la machine à café, la parole était plus libre et le ton moins bas que dans les conciliabules de l'*open space*. Ce jour-là, j'ai consommé une quantité record de *ristretto* en tendant l'oreille, en intervenant parfois. J'ai échangé quelques mots avec Billotte, ou plus exactement des onomatopées.

« Alors ?

– Hum... Que veux-tu faire... On l'a dans le baba ! »

Il avait l'air renfrogné, comme s'il venait d'apprendre que le Grand Effondrement n'était plus pour 2030 et venait d'être reporté à 2035. Plus tard, j'ai croisé Damien, qui a haussé les sourcils avec un sourire désabusé, en signe de connivence ; mais pas un mot. Chacun cuve sa mauvaise nuit, ne leur en veux pas, me suis-je raisonné ; ne joue pas au pur et au parfait car toi, que fais-tu ?

J'ai reporté mes espoirs sur Cédric, parce qu'il n'a pas sa langue dans sa poche, mais ce jour-là il semblait avoir fait vœu de silence. Franck soupirait de temps à autre, lâchant des réflexions à double fond dont il a le secret – mais on ne savait jamais, sur le coup, quelle était chez lui la part de sérieux et la part de plaisanterie, sans compter que certains de ses propos relevaient des deux cas de figure. Quant à Constance, elle était en congés depuis la veille au soir, et Hervé répétait en boucle qu'un accord avait été trouvé, un bon compromis, qui restait un compromis, c'est vrai, mais il aurait été difficile, non, impossible d'aller plus loin. Enguerrand Audet a traversé la rédaction en début d'après-midi pour s'enfermer dans le bureau de la DRH, suscitant des commentaires

1) de Martin : « C'est lui qu'il faudrait interroger, tiens ! Lui, il le sait, ce qu'on va devenir ! »

2) de Christophe Noguès (toujours constructif) : « Il faudrait qu'ils soient plus souples sur le nombre de départs et qu'on ait une marge de manœuvre au cas où on se retrouverait un peu plus de trente à vouloir partir, de sorte qu'on n'ait pas à faire jouer ces critères de départage... »

Ce que nous ignorions, c'était que nous ne reverrions plus Audet. Sa mission avait pris fin. Le janissaire allait remballer son sourire commercial et quitter le théâtre des opérations pour rejoindre une Constantinople de l'ère moderne, où une autre mission lui serait confiée. Il laissait à la DRH une consigne limpide, a-t-on appris bientôt : appliquer l'accord, tout l'accord et rien que l'accord.

*

Concrètement, il me restait deux semaines pour trouver une formation et me placer dans les starting-blocks. Dès que l'Inspection du travail aurait accordé sa bénédiction à l'accord, il ne faudrait plus perdre une seconde. Je n'en menais pas large, car j'avais procédé à un nouveau sondage et une majorité nette d'entre nous, peut-être les deux tiers, n'avait qu'une envie : foutre le camp. Les autres tenaient à rester chez Mondo parce que, expliquaient-ils, le journalisme était une profession en ruine aujourd'hui. C'était fini, à les en croire. Comme le charbon de Lorraine dans les années 70, l'information n'était plus rentable en France, il fallait désormais l'importer de très loin – Chandannagar ou Constanța. Et donc, en concluaient-ils, ceux qui avaient un poste devaient s'y accrocher. C'était ça ou rien. Ailleurs était une illusion d'optique. Un mirage.

Sur une grande feuille, le soir, je faisais et refaisais le compte des partants, des restants et des indécis. Sans oublier le décompte des points de chaque partant, qui dépendait de la nature de son « projet » et, le cas échéant, de son ancienneté. Sur ma feuille, les collègues devenaient des cases, des chiffres, des points d'interrogation en cas d'incertitude ou des croix dans le cas contraire. Comme des batteries ennemies sur un plan de bataille. Et il n'y avait pas de quoi pavoiser. À ce stade, rien n'était acquis, mais je pouvais tout de même espérer ne plus figurer parmi les effectifs de Mondo d'ici deux à trois mois... Par quel ensorcellement en étais-je donc arrivé à rêver de perdre mon emploi ? Je crois qu'avant tout la voie tracée pour ceux qui resteraient pendant les négociations m'angoissait. Non : elle me terrorisait. Démantèlement des services. Arrêt de la spécialisation de chacun. Polyvalence immédiate, totale, au gré des foucades de chefs fantasques, versatiles, dont on redoutait les initiatives. Choix des plus arrivistes pour diriger la nouvelle équipe. Division des effectifs par deux.

Cela faisait beaucoup, et à cinquante-sept ans, mon corps, mes nerfs refusaient de se métamorphoser en couteau suisse. Je n'avais pas fait objecteur de conscience à vingt ans pour être enrôlé maintenant dans une autre armée, balancé d'une mission à l'autre sans rien connaître au terrain. Tu as été spécialiste des affaires judiciaires ? Très bien. Aujourd'hui, tu traiteras le foot et la boxe, et demain les résultats trimestriels de Dassault Systèmes. Je savais ce que cela signifierait. Stress. Regain de dépression à brève échéance. Et pour le moyen terme, j'imaginais un bel ulcère. Si long terme il y avait à bord de ce bateau ivre, il passerait par une démission ou un licenciement. Ces perspectives me glaçaient, d'où l'urgence de fuir avant que la porte de sortie ne claque.

*

Suivre une formation de reconversion d'au moins quatre cents heures signifiait dans la plupart des cas retourner à l'école, vivre dans un corset d'obligations, enchaîné à une grille d'horaires cinq jours sur sept. Édition ? Traduction ? Communication ? Les jours s'écoulaient, je m'enlisais dans une expectative pénible. Formation en présentiel ? En ligne ? Formation qualifiante ? Formation diplômante ? Chaque jour, quand je n'étais pas au bureau, je passais une heure ou deux sur Internet en quête de la perle rare, prenant des notes, répertoriant les possibles, perplexe, indécis, après quoi je changeais de sujet : whisky, vodka. Boire refoulait cette pétaudière, mais celle-ci revenait à la charge dès que les vapeurs d'alcool se dissipaient. Je la retrouvais intacte, telle qu'avant la première gorgée, et l'impression de devoir choisir entre peste et choléra ne me quittait pas. Cette formation ou celle-ci... à quoi bon ? Il était utopique ou mensonger d'affirmer qu'au terme de tout ça, lorsque j'aurais soufflé cinquante-huit bougies et que j'en aurais terminé avec cette année de bagne, la Machine m'attendrait pour me proposer un emploi.

Plus je constatais à quel point j'avais l'embarras du choix et plus mon indécision augmentait. Le business de la formation était devenu le Veau d'Or autour duquel dansaient ceux que la Machine expulsait. C'était la plus grande foire, peut-être l'activité économique la plus lucrative de ces années 2010, après les exportations d'armement. Et je voyais les jours filer sans parvenir à arrêter mon choix, pendant que mes collègues, eux, claironnaient l'un après l'autre leurs trouvailles :

histoire de l'art, généalogie, cinéma, reporter d'images. Ils tranchaient, décidaient. Tout portait le beau label « formation », mais j'avais plutôt l'impression de devoir m'inscrire à une crèche où l'on garderait, cinq jours sur sept, des colonies de déclassés, sur le retour d'âge.

Un matin, j'ai repéré sur la Toile un centre de formation à la traduction technique anglais-français : Transferendum. L'épithète « technique » m'ennuyait un peu, mais je n'avais plus vraiment le temps de faire la fine bouche. Leur enseignement était dispensé à distance, à raison de cinq cent vingt heures par an. Comme je travaillais à partir de l'anglais, rester dans ce domaine me paraissait cohérent. Je voulais du sérieux pour que mon dossier de candidature au départ ait toutes les chances d'être retenu.

La formation proposée était loin de m'enthousiasmer, mais je n'aspirais de toute façon pas un instant à me reconvertir en quoi que ce soit d'autre qu'un rêveur d'élite, un stakhanoviste du farniente. Trente-trois années durant j'avais supporté en serrant les dents les ego des responsables de service, qui auraient aimé n'être chefs que les jours de soleil, surtout pas les jours de pluie ; j'avais été corvéable le week-end, le soir, la nuit, à l'aube, sans un remerciement. Je n'aspirais plus qu'à la tranquillité et à la liberté et ce matin-là j'ai dit stop, mon choix s'est arrêté sur cette formation à distance. « À distance », l'idée me plaisait. C'était bien ce qui suscitait en moi le plus d'adhésion. Je me suis dit que c'était bon, j'arrêtais les recherches, je contactais vite fait ce Transferendum, dont le nom m'évoquait un camp romain autour du dernier village d'irréductibles Gaulois.

*

Rien n'était gagné pour autant. Transferendum soumettait les candidats à un test d'aptitude, m'a dit au téléphone son directeur commercial, car un niveau *excellent* était requis dans la langue choisie. Je le passerais chez moi, le centre ayant ses bureaux loin, à Pau. En préalable, j'ai effectué une pré-inscription, envoyé une lettre de motivation laborieusement rédigée, faute de motivation, et un CV qui sonnait aussi creux qu'une calebasse.

Constitué de deux fichiers, le test d'aptitude est parvenu dans ma messagerie à huit heures du matin, un jeudi. Il était stipulé que, une fois ces devoirs achevés, je devais les déposer, *zippés*, sur une plate-forme prévue à cet effet, et cela le surlendemain à huit heures, dernier délai, et il était impératif que mon dossier porte un matricule précis, avec mes nom et prénom. *Zippé*, qu'était-ce ? Je verrais ça plus tard.

J'ai ouvert le premier fichier. Le miroir vertical qui sert de fond au meuble verrier du salon m'a vu pâlir subitement. J'avais là douze pages traitant, si je comprenais correctement, de normes américaines de protection préventive contre les incendies à bord du matériel ferroviaire roulant. Quel que soit le fragment dans lequel je piochais des phrases, le texte m'opposait une vive résistance. Sa matière était compacte, épaisse, opaque. Du béton armé linguistique.

S'échapper de Mondo n'était pas encore chose acquise.

Le second fichier, que j'espérais moins abscons, consistait en un appel d'offres de neuf pages portant sur des pièces détachées de l'industrie aéronautique.

Ne plus perdre une minute. Mobilisation générale des cellules grises. J'ai annulé les deux rendez-vous à mon agenda dans la journée et le lendemain, après quoi je m'y suis mis. Traduire les manuscrits de la mer Morte ou ces écrits barbares, au fond, peu m'importait ; la liberté était à ce prix. Le compte à rebours des quarante-huit heures était enclenché et je devais absolument passer par le chas de l'aiguille.

... Un monobloc composé d'un noyau relativement épais et de masse volumique faible, et de couches de revêtement relativement fines. Le noyau et les plaques de revêtement sont liés par friction.

....

NOTA BENE : Les panneaux en couches, comme par exemple le bois stratifié, les agglomérés et les tôles enduites, ne sont pas des panneaux sandwichs au sens de la définition susmentionnée.

....

Dans le cadre de l'objectif général dit « Protection des personnes », les exigences couvrent le sous-objectif de protection n° 1, « Prévention d'un incendie criminel en compartiment passagers », du point de vue de la définition donnée de ce sous-objectif de protection dans les explications sur la norme susmentionnée, à savoir qu'est couvert le risque de départ de feu en cas d'utilisation d'une source d'ignition petite à moyenne,

Au bout de trois heures, j'ai renoncé à vouloir comprendre les tenants et les aboutissants de chaque terme – un explorateur qui s'engage dans la jungle, s'il entreprend d'identifier chaque plante, ne s'enfonce pas bien loin. Çà et là, sur Internet, j'ai pêché des fragments de normes et des expressions, que j'ai insérés dans mon texte français. Lequel se composait péniblement, cahincaha – à supposer que ce soit un texte, français de surcroît... Ceux qui me soumettaient à ce test voulaient éliminer les velléitaires et sélectionner les plus motivés... Plus qu'un test intellectuel, c'était une épreuve d'endurance et je devais prendre ça comme une course de fond, avec des raidillons, des ornières, des passages boueux... Le test devait permettre de sélectionner les meilleurs pour leur proposer ensuite une formation haut de gamme. Une fois cette étape derrière moi, tout me paraîtrait facile. Seuls les plus résistants la franchiraient et je serais parmi eux pour la simple et bonne raison que je n'avais pas le choix. Je n'avais plus le temps de chercher une autre formation si je voulais présenter mon dossier dans les temps.

Le samedi matin, au terme d'une ultime relecture, j'ai déposé sur la plate-forme Transferendum le fruit laborieux de mon travail, zippé par mes soins, après m'être renseigné auprès d'un ami sur la signification exacte de « zippé », après avoir acheté et téléchargé à dessein un logiciel payant que je n'ai jamais réussi à faire fonctionner, et après m'être aperçu que je pouvais très bien, avec mon ordinateur, compresser sans débourser un centime ce foutu dossier en sélectionnant, après un clic droit, **envoyer vers >** puis **dossier compressé**.

« La commission chargée d'évaluer les tests se réunira dans une semaine et vous serez informé du résultat dans la foulée », m'a-t-il été annoncé en retour.

Depuis qu'avait commencé ce parcours du combattant pour réussir à perdre mon emploi, j'avais régulièrement l'impression d'être un chien à qui on lance un os en plastique pour qu'il coure et le rapporte entre ses babines. Un chien savant. Je me dressais sur les pattes arrière sans barguigner pour obtenir de petites friandises. Et j'obéissais. Comme j'obéissais bien ! Cherche une formation, cherche ! Traduis ! Zippe ! Prends rendez-vous avec le cabinet de consultants ! Sois dans les temps, sois dans les clous ! Remplis ton dossier ! C'était à ce prix que j'aurais le droit d'être mis dehors et accéderais à la tranquillité, hors de la vie active, en passant sous les fourches Caudines. Je m'étais souvent demandé, ces dernières semaines, si je n'étais pas suivi par une caméra cachée censée montrer jusqu'où j'étais prêt à aller pour rapporter les nonosses. Oui, j'avais l'impression d'être l'objet d'une expérience destinée à faire progresser je ne sais quelle science sociale ou thérapie comportementale.

Ma traduction remise, j'ai compris dans ma chair tout le sens de l'expression « être au bout du rouleau ». Une fois le fichier expédié, j'ai traversé la journée dans un état étrange. Sans doute est-ce cela, être « hébété ». Mon cerveau patinait, bloqué dans l'ornière où ce travail l'avait acculé. J'étais incapable de formuler une pensée un tant soit peu ordonnée. Tu fais une grosse fatigue, m'a dit Adèle dans un élan de perspicacité.

Je me suis couché avant même vingt et une heures et dès que je me suis retrouvé étendu le lit est entré en mouvement. Le lit et la chambre tanguaient autour d'un pivot : ma tête. Je tournoyais comme un derviche, mais allongé. Après quelques rotations, la pièce a ralenti sa course et retrouvé son immobilité. Cette sensation de flottement dans une centrifugeuse lente n'aurait pas été désagréable si elle ne m'avait inquiété. Cette pointe d'anxiété, émoussée par la fatigue, ne m'a pas empêché de m'endormir tout de suite et d'effectuer le tour complet du cadran dans un sommeil profond. Mais cela a recommencé au lever et j'ai dû m'asseoir aussitôt. Même sensation de secousse sismique légère, à cela près que le plancher ne dansait pas. Jamais je n'avais connu une telle sensation de vertige. En me levant, je me suis appuyé sur le rebord d'une commode pour attendre que ça passe. Au bout de quelques secondes, l'effet s'est estompé, mais toute la journée je suis resté dans un état de grande faiblesse. Le médecin chez qui j'ai obtenu un rendez-vous le lundi a diagnostiqué une sévère chute de tension et m'a prescrit des jours de repos. Plutôt satisfait d'être à distance de la rédaction, j'ai guetté ma boîte mails. Lundi. Mardi, mercredi. Jeudi… Et s'ils jugeaient mon niveau insuffisant ? Me feraient-ils seulement une réponse ?

*

Ils me prenaient. J'étais apte. Je l'ai su le vendredi après-midi. J'avais l'impression d'avoir passé mes « trois jours » et de m'engager dans la Légion… Somme toute, j'avais eu moins d'une semaine à attendre et je serais dans les clous. Dès ma reprise, j'ai demandé à la DRH comment procéder. Il me revenait d'avancer le coût de la formation – autour de sept mille euros –, après quoi Mondo me rembourserait, sur présentation de la facture.

« Et vous savez si je serai remboursé rapidement ?

– Sous quinze jours, normalement… Mais c'est Chandannagar qui s'en charge, alors… Avec eux, les délais sont variables. »

IV

Le nom du cabinet de reclassement avec lequel nous étions tenus de prendre contact, Opportunities, rappelait Opportunity, l'astromobile que la Nasa avait déposée à la surface de Mars en 2004. À la veille de mon rendez-vous, j'ai consulté leur site internet. *Opportunities : des conseillers éclairent votre avenir.* Sur la page d'accueil, il était proposé de « Démarrer son outplacement » ou de développer des « comportements de leadership ». On vous suggérait d'« oser le coaching » et vous parlait d'« exploitation de réseau ». Qu'allais-je faire dans ces bureaux et que trouverais-je à leur dire ? Il le fallait bien, pourtant. Les photos qui illustraient *outplacement* et *leadership* prêtaient à sourire : les hommes y portaient cravate bleu marine et chemise blanche, bleu pâle à la rigueur. Quant aux femmes, elles étaient en tailleur, fines et grandes. La jupe était de rigueur. Parité absolue : un homme une femme, un homme une femme ; et, sur dix photos, quatre Blancs mais aussi quatre Noirs et deux Asiatiques. Les femmes étaient bien roulées et les hommes baraqués, parfaitement proportionnés. Et tout ce petit monde échangeait des sourires. C'était *cool* et sacrément *fun*, chez Opportunities. Aucun obèse, aucun boudin. Dans le domaine du poids et de la laideur, la parité et la discrimination positive n'étaient pas à l'ordre du jour.

J'ai débouché sur l'esplanade de la Défense le lendemain un peu avant huit heures trente. L'énorme bouche du RER, à cette période de pointe, crachait ses centaines d'humains à la minute, et ces tueurs encravatés gagnaient leur poste de combat à bord de ce navire amiral de la finance dont les fières tourelles me cernaient : Allianz, AGF, Winterthur... En avance sur mon rendez-vous, je me suis attablé au Mondo Trotter Restaurant Café pour avaler un *macchiato* dans un gobelet en carton. Une large baie vitrée me protégeait de cette foule de costumes et de tailleurs qu'on aurait cru sortie non des entrailles du RER, mais du site internet d'Opportunities. Et cette foule se pressait vers son lieu de servitude comme dans ce chef-d'œuvre des débuts du cinéma, *Metropolis*. Elle m'effrayait, mais à vrai dire, ce jour-là, tout m'effrayait. C'est vrai, dans cette vie, j'aurai souvent circulé à contresens, avec mes idées minoritaires et rabat-joie, et ça finit par être épuisant, par vous faire peur. J'avais beau avoir enfilé mon costume pour les enterrements et noué approximativement une cravate plus ou moins assortie, j'avais l'impression d'être fagoté comme un malpropre et dévisagé par des milliers d'yeux. Mais c'était bien présomptueux de ma part : la fourmilière sur le parvis avait d'autres chats à fouetter.

Le moment est venu où j'ai achevé de boire la dernière goutte de *macchiato*. Le fond du gobelet m'a rappelé que l'heure tournait et qu'il fallait monter au vingt-troisième étage de la tour Fahrenheit. J'avais hâte d'enclencher la mécanique de mon départ, et peur dans le même temps de rater mon coup, de ne pas les convaincre de la validité de mon « projet ».

*

Là-haut, on m'a fait asseoir « un instant », le temps de prévenir M. Martineau, qui viendrait me chercher. La standardiste qui m'avait reçu à l'accueil était noire, mais ceux qui circulaient dans les couloirs, des dossiers sous le bras et un air soucieux, étaient tous blancs. Cinq à dix minutes se sont écoulées. Je faisais vaguement mine de lire la une des *Échos* quand mes yeux se sont écarquillés. Je ne rêvais pas : Rémi ! À l'autre bout du couloir, il n'avait pas remarqué ma présence. Embusqué comme dans un film derrière *Les Échos* bien déployés, j'étais à deux doigts de me lever pour aller vers lui mais je me suis brusquement ravisé. Rémi Colson ne souhaitait certainement pas être vu là. Il s'était d'ailleurs bien gardé de nous parler de ce rendez-vous : Opportunities avait consigne de ne lever la confidentialité des entretiens qu'au dernier moment, à la signature du document de demande de départ volontaire. En costume-cravate bleu marine, il échangeait quelques mots avec le type qui le raccompagnait. Je n'en revenais pas. Lui, d'un naturel toujours calme, souriant et confiant… Si l'on m'avait demandé de citer *un* collègue que je n'imaginais pas quittant la boîte, son nom me serait venu spontanément à l'esprit. Était-il là pour glaner des renseignements ou avait-il déjà arrêté sa décision ? S'il était déterminé à déguerpir, c'était que la situation était alarmante – bien plus que je ne me l'étais figuré. Il y avait le feu à la maison… Or, dans mon décompte des candidats au départ, je n'avais pas intégré Rémi, le reporter le plus calme et le plus courtois de la rédaction, qui disparaissait maintenant dans l'ascenseur. Si ce gars solide, passionné par son travail d'investigation, avait décidé de partir, cela signifiait que d'autres, que je ne soupçonnais pas non plus, pouvaient envisager la même extrémité. D'autres, mais combien ? Pour peu que mon intuition soit juste, nous risquions de nous bousculer au portillon et certains d'entre nous ne pourraient jamais atteindre la sortie.

Colson ici, c'était un signal d'alarme. Presse-toi, Aurélien Babel ! Ne perds plus de temps, sans quoi le quota sera atteint et le piège se refermera sur toi. Séquestré chez Mondo… Les syndicats et la direction l'ont dit et répété : trente partants, pas un de plus... Si tu es le trente et unième ou trente-deuxième, il ne te restera que tes yeux pour pleurer... Mes intestins ont accusé le coup : brusques torsions des boyaux, envie impérieuse. Il ne manquait plus que ça, une diarrhée éclair. J'en avais des suées. Et mon type qui risquait de venir me chercher d'un instant à l'autre...

Comment Rémi Colson avait-il pu en arriver là et comment se faisait-il que nous n'ayons rien remarqué chez lui les derniers temps ? Je l'avais pourtant senti épuisé et désabusé, un soir, au bout du fil : il m'avait dicté quelques lignes de Bruxelles, où il avait dû partir au débotté pour couvrir un énième sommet européen à rallonges. À la fin de son appel, il avait eu quelques phrases sur l'impossibilité d'être au four et au moulin, de travailler chroniquement en sous-effectifs, d'être seul à la manœuvre là où la concurrence alignait quatre vieux briscards, et je l'entendais encore me remercier. De quoi, Rémi ? Il n'avait pas vraiment su me dire. De l'écouter, peut-être. Le surlendemain, je l'avais retrouvé égal à lui-même, dans nos couloirs : courtois et détendu, prêt à plaisanter, et j'avais mis ses phrases de Bruxelles sur le compte d'un coup de fatigue momentané. Je me disais maintenant que sa courtoisie, son sourire et son calme apparent, que j'avais pris un peu trop vite pour sa nature profonde, constituaient sans doute les éléments d'un masque correcteur qu'il appliquait chaque matin sur son visage, en arrivant au bureau, pour mieux dissimuler la réalité : un quadragénaire certes dur à la tâche mais exploité jusqu'à la corde, qui n'en pouvait plus et aurait aimé avoir une once de vie privée. Dans un filet de voix fatigué, le soir de Bruxelles, il m'avait peut-être lancé un SOS. Ses mots m'avaient étonné : « Ça devient plus possible, Aurélien... Si tu n'étais pas là pour prendre et relire attentivement ce que je te dicte, je ne m'en sortirais pas... Tant qu'il y a encore du monde à Paris pour nous épauler, on tient à peu près, mais ça devient plus possible, tout seul... » Ce soir-là, Rémi était comme une barque sur l'océan : à la dérive. Aux abois. Et j'avais eu, l'espace d'un instant, la crainte qu'il ne commette un acte désespéré.

Il fallait absolument régler ça avant que Martineau ne survienne. Je me suis dirigé vers l'hôtesse d'accueil, qui m'a indiqué le chemin le plus court jusqu'aux lieux d'aisance. J'ai trouvé le temps de lui glisser, en baissant d'un ton : « Si vous voyez M. Martineau... dites-lui, que... que je suis là. »

La vidange n'aurait pas attendu une minute de plus.

À mon retour, mon coach-consultant m'attendait en feuilletant *Les Échos*. C'était le type qui avait raccompagné Rémi Colson jusqu'à l'ascenseur un peu plus tôt... Ce Martineau n'avait rien des gars en costard-cravate, sémillants et élancés, qui peuplaient les photos du site internet d'Opportunities. Ce qui m'a frappé tout d'abord, c'est qu'il avait un petit menton fin ; il ne devait pas regarder les tutos censés permettre de se doter d'une mâchoire carrée « en vingt-huit jours », et cela m'a redonné un peu confiance. Mon bonhomme était de taille très moyenne et du genre rabougri, comme s'il manquait de lumière, et avec ça d'aspect sympathique. Le Consultant Mobilité Carrière Georges Martineau était, semblait-il, de ces personnes affables et d'un naturel engageant avec lesquelles, sans même avoir fait connaissance, on ne se sent pas mal à l'aise. J'aurais pu tomber plus mal ; certains collègues avaient affaire à une consultante glaciale et autoritaire qu'ils avaient surnommée 3615 Domina et à laquelle le hasard m'avait permis d'échapper.

Mon gaillard à moi n'était pas pressé. Il m'a prié de lui exposer mes intentions et m'a écouté attentivement, sans jamais consulter son téléphone, sans montrer de signes de lassitude. Ensuite, silencieux, il a hoché la tête, comme un médecin qui viendrait d'examiner des radios et ne saurait comment expliquer à son patient que son corps n'a pas été assemblé dans l'ordre idoine.

« Le principal objet de notre entretien, a-t-il dit enfin, sera de me permettre de remplir votre "Fiche de faisabilité en vue d'une demande de départ volontaire", que voici ; je la transmettrai à votre entreprise une fois que nous l'aurons signée, vous et moi, et qu'elle aura été visée par ma supérieure. »

J'ai branlé du chef, comme si cela pouvait être d'une utilité quelconque. Je voulais lui faire sentir tout de suite qu'il y avait urgence, et que, sans pour autant brûler les étapes, il ne fallait pas perdre de temps :

« Dans la mesure du possible, j'aimerais que cela soit fait assez vite, de sorte que mon dossier puisse être examiné le 30, le jour de la première réunion de la commission de suivi de l'accord... Pour tout dire, j'ai des raisons de penser qu'il va y avoir affluence, et...

– Bien sûr, m'a-t-il répondu, bien sûr, comme s'il pensait à autre chose. Vous avez raison : nous avons déjà vu plusieurs de vos collègues, et d'autres ont rendez-vous... Je crois que vous souhaitez rester dans l'écrit, a-t-il enchaîné sur un ton rêveur, en tapotant sur son clavier. Vous me dites que vous avez publié ? Je vois là, sur votre page Wikipédia, que vous êtes l'auteur de recueils de poésie... Et ils disent aussi que vous êtes un grand voyageur, hein ! »

J'ai opiné vaguement, pour lui être agréable, et là, tout à trac, il m'a posé la question la plus inattendue qui soit, comme s'il m'avait demandé de deviner combien de femmes il avait séduites au total :

« Savez-vous combien de pays j'ai visités ?

– Euh, non...

– Dites un chiffre.

– Euh...

– Allez-y, tentez !

– Franchement...

– Quarante et un ! Et cet été, ce sera l'Arménie. Vous avez déjà fait l'Arménie, vous ? »

Non, je ne l'avais pas faite. J'ai répondu par la négative en ajoutant qu'en 1989 j'avais passé quelques jours dans le coin, en Azerbaïdjan et Géorgie.

« Ah ! la Géorgie... s'est-il exclamé sur le même ton rêveur, comme si se dressaient soudain, dans son esprit, les hautes tours de pierre de la Svanétie et l'église de Mtskhéta. Je ne connais pas la Géorgie... Vous conseillez ? »

J'ai conseillé, mais avec un bémol car plusieurs régions comme l'Abkhazie ou l'Ossétie du Sud étaient inaccessibles depuis l'invasion russe de 2008, ce qui n'a pas paru le gêner. Je lui ai chaudement recommandé la Svanétie, qui restait ouverte, avec ses villages de tours carrées, ses sommets à cinq mille, ses glaciers, et tout et tout.

Il m'écoutait attentivement. C'était lui, le coach conseil, qui quémandait des idées, et je crois que nous avons passé un bon quart d'heure à causer voyages, en sautant d'un continent à l'autre, comme deux baroudeurs dans une auberge de jeunesse, après quoi nous sommes revenus à nos moutons parce que l'heure tournait.

« Comme formation de reconversion, vous avez déjà une idée ?

– Oui, j'ai trouvé quelque chose.

– Ah bon ? Et dans quel domaine ?

– La traduction. De l'anglais vers le français.

– Bien, bien… Vous aurez ainsi des compétences transférables, puisque vous m'avez dit que chez MondoNews l'anglais tenait une part importante… C'est toujours bien, des compétences transférables. Vous savez que nous sommes aussi là pour vous aider à rechercher une formation adéquate, et nous pouvons vous proposer… (pendant ce temps-là, il tapait sur son clavier, sans doute pour me guider vers certains organismes), vous trouver ce qui vous convient. Par exemple, je vois l'école de…

– Je vous remercie, mais j'ai déjà été accepté par un centre de formation. Transferendum…

– Ah bon, bien… Je ne connais pas. Sans quoi nous pouvons vous aider… Et cela correspond à ce que vous recherchiez ? »

(Comment lui faire comprendre, sans le dire, qu'à cinquante-sept ans je ne cherchais *rien du tout*, et que les recruteurs tenaient les types comme moi pour des épaves, qui avaient, de surcroît, le toupet de réclamer un bon salaire ?)

« Oui, c'est… parfait. C'est un cursus en ligne. J'ai réussi leur test d'aptitude.

– Pour que votre dossier soit complet, il faudra que MondoNews nous communique la facture de votre formation.

– C'est moi qui dois la régler. »

Il s'est étranglé :

« Vous ? Vous devez faire erreur, c'est toujours l'entreprise qui paye…

– Oui, mais chez MondoNews, il nous est demandé de la régler nous-mêmes, dans un premier temps, après quoi nous serons remboursés.

– Ah, dans ce cas... J'avoue que je n'avais jamais vu ça. »

Pendant que je parlais de mon projet de reclassement, auquel, de toute évidence, il semblait croire, il prenait des notes et me demandait de temps à autre de préciser certains aspects, « pour que tout soit clair dans votre fiche de faisabilité », a-t-il dit, comme s'il avait besoin de motiver sa présence et son salaire. Car cet homme sympathique était manifestement obsédé par ma fiche, que j'aurais pu remplir chez moi en moins de cinq minutes, mais une loi obscure devait spécifier qu'il incombait à un cabinet de reclassement de s'en charger. Et puis, à quoi d'autre aurait-il pu me servir, Martineau ? Pendant qu'il pianotait sur son clavier, j'ai parcouru des yeux le bureau. Aucun papier ne traînait, hormis la fiche de faisabilité. Peut-être l'interdiction d'imprimer figurait-elle dans la charte écoresponsable de ce cabinet. Aucun livre, aucun rayonnage dans ce bureau tout blanc. Aucune image au mur. À se croire dans un décor pour film d'anticipation des années 80-90, *Brazil* ou *Bienvenue à Gattaca*. Peut-être avais-je été recruté comme figurant, à mon insu ; je n'aurais pas été surpris qu'un réalisateur surgisse de but en blanc et nous demande de reprendre la scène que nous jouions laborieusement, depuis un moment. Un peu lente, au demeurant, cette scène, et le réalisateur aurait eu raison d'intervenir. Tout ça commençait à devenir franchement longuet, comme si Martineau avait pour consigne de me retenir à tout prix *un certain temps*, suffisamment en tous les cas pour illustrer le sérieux et la nécessité de notre rencontre. C'est qu'il se donnait de la peine ; à ce stade de sa vie (il devait avoir quarante-sept, allez, quarante-huit ans), il voulait sans doute être à la hauteur de ce qu'il estimait devoir être « Georges Martineau, Consultant Mobilité Carrière chez Opportunities ». Aussi l'ai-je laissé pianoter dans le silence de ce bout de couloir. Qui sait ? Peut-être le cabinet de reclassement adresserait-il à Mondo une facture proportionnelle au temps que j'aurais passé dans ses murs ? Le soleil tapait sur les vitres de la tour d'en face et me faisait cligner des yeux. La tour d'en face était plus récente, joliment profilée et bien plus haute que la Fahrenheit, où j'étais, mais peut-être s'y ennuyait-on aussi ferme que dans la Fahrenheit ? Georges Martineau relisait en silence ce qu'il avait écrit. Il a passé une main sur son menton puis a ajouté quelques mots ou corrigé une coquille avant de me poser cette question :

« Le diplôme délivré par ce centre de formation est bien RNCP ?

– Pardon ?

– Est-il certifié RNCP ?

– … ?

– Certifié par le ministère ?

– Ah ! Euh…

– C'est certainement le cas. Ne vous en faites pas, je vérifierai sur le site... Et est-ce niveau 5 ou 7 ?

– ... ?

– Le diplôme qu'ils délivrent...

– Alors là...

– Ce n'est pas très important... Ça se fait à distance, vous m'avez dit ?

– C'est-à-dire ?

– Votre formation, vous la ferez bien en *e-learning* ?

– Ah ! Oui, oui, c'est ça. »

Je me suis demandé lequel de nous deux se morfondait le plus, de part et d'autre de ce bureau de facture médiocre qui sentait le neuf et semblait avoir été monté juste avant que j'entre. J'ignore ce qui m'est passé par la tête, tout à coup, mais une envie presque impérieuse m'a pris de changer de ton et d'opter pour la franchise : « On se fait joliment chier tous les deux, en ce moment, non ? On attend que l'heure tourne, sans croire un seul instant à ce qu'on fait. On remplit un formulaire à la con que personne ne lira ; tout ça pour toucher un salaire ou une allocation chômage. Ou pour pouvoir passer quinze pauvres petits jours en Arménie avant de retourner se faire chier ici... Ah ! Martineau ! On s'en souviendra de cette planète ! On en rira bien, quand on sera là-haut, de cet entretien à la noix... »

On n'ose généralement pas dire ce genre de choses, et je n'ai pas osé. C'est toujours pareil : les acteurs déclament les tirades qu'on leur demande de débiter, même si le scénario est médiocre. Nous avons continué de jouer sagement nos rôles, lui dans son emploi un peu fictif et moi en feignant de croire à mon projet de « repositionnement sur le marché du travail ». Nous avons interprété nos rôles assez bien, je crois, et on ne nous a pas demandé de refaire la scène. Je ne suis pas fin psychologue, mais j'aurais parié gros que Martineau m'avait percé à jour et avait compris ce que je voulais : la paix. Rien que la paix. Je voulais lire tous les livres, écrire tous les poèmes et m'enivrer de musique. Ma devise n'était pas « Si tu veux la paix, prépare la guerre », mais « Si tu veux la paix, fais semblant de chercher du travail ». Lire en paix, dans une sobriété heureuse que je bâtirais jour après jour ; et le premier qui se hasarderait à la troubler recevrait une décharge de chevrotine. Et si, dans ma « fiche de faisabilité », nous avions mentionné « microentreprise » à la rubrique « Employabilité du collaborateur à l'issue de la formation », ce n'était qu'un leurre destiné à détourner l'attention, à gagner du temps pour avoir la paix et à donner bonne conscience à Martineau.

« Bien, a conclu mon bonhomme. Comme ça, ça devrait aller. Je finalise tout ça demain, ou plutôt, non, après-demain, et je vous l'envoie par mail pour que vous preniez le temps de le relire et de me dire ce que vous en pensez. Vous pouvez intervenir dans le texte, bien sûr. N'hésitez pas. Je vous laisserai remplir par vous-même la case sur les compétences à acquérir pendant votre période de formation. Ensuite, il faudra que

Mme Saulnier y jette un œil – elle revient la semaine prochaine, je crois.

– Mme Saulnier ?

– Elle chapeaute notre équipe de consultants. Lorsque j'aurai son feu vert, nous pourrons prendre rendez-vous pour signer le document ensemble.

– Et vous pensez que Mme Saulnier… ? Elle revient bien la semaine prochaine, c'est ça ? Parce que je peux difficilement attendre plus longtemps…

– Oui, oui, la semaine prochaine. N'ayez pas d'inquiétude. Généralement, elle suit mes recommandations et je donnerai un avis favorable à votre demande. Ah ! ne vous étonnez pas si vous lisez "favorable, avec réserves". Cela signifie simplement que vous n'avez pas la certitude de retrouver un emploi, disons, dans un délai rapide, et dans ce cas nous sommes tenus d'émettre des réserves. C'est comme ça. C'est l'usage. Vous serez pour la plupart dans ce cas, de toute façon, si j'en crois les dossiers déjà constitués… Seuls ceux qui partent tout de suite à la retraite, ceux qui ont une promesse d'embauche ou un projet solide de création d'entreprise ont droit à "avis favorable sans réserves"… Ah ! j'y pense : la prochaine fois que nous nous verrons, nous réfléchirons aux conditions de votre accès à l'emploi et nous regarderons les petites annonces sur notre site, pour le secteur qui vous concerne… Nous avons plein d'annonces sur notre base de données et je vous invite d'ailleurs à y faire un tour par vous-même, sans attendre que tout soit signé…

– Oui, en effet... Euh... est-il possible de prendre rendez-vous, pour la signature ?

– Je préférerais attendre que Mme Saulnier ait signé. Dès que ce sera chose faite, je vous recontacte, la semaine prochaine sans faute. Cela vous convient ? »

V

Avec ses histoires d'Arménie et sa fiche de faisabilité, Martineau m'avait pris l'essentiel de la matinée, en comptant les transports. Je suis passé acheter un burger chez Big Fernand, puis je me suis rendu au bureau où je devais être à midi trente. Un franc soleil entrait par les vitres et tout avait l'air si paisible, à la rédaction… Martin méditait devant son écran comme un vieux boa ; Franck plaisantait ; Christophe Noguès bossait d'arrache-pied. Rien que de bien normal, en somme. Plus loin, Rémi Colson était à son poste. À un moment donné, il a traversé notre service en direction de la machine à café et salué à la cantonade. Il arborait son sourire habituel et j'ai voulu lui emboîter le pas. « Ôte-moi d'un doute, Rémi, lui aurais-je dit quand nous nous serions retrouvés seuls, près du distributeur de friandises. Tout à l'heure, je t'ai aperçu là-bas ; tu sortais d'un rendez-vous avec Martineau, chez qui je t'ai succédé… Tu tâtes le terrain, n'est-ce pas ? Ne me dis quand même pas que tu as décidé de partir, toi aussi ? » Et s'il me confirmait que si, il était fermement résolu à déguerpir, et que son dossier était déjà bouclé ? S'il me rappelait, comme il me l'avait dit un soir au téléphone, qu'il n'en pouvait plus ? Au bout du compte, je n'ai pas bougé de mon siège. Nous étions le 4 juin. Les dossiers de candidature au départ déposés à la date du 28 seraient examinés le 30, lors de la première réunion de la commission de suivi de l'accord. Il me restait quelque chose comme vingt-trois jours pour boucler le dossier et faire en sorte qu'il soit bel et bien le 30 sur la pile, à la DRH. Deux autres réunions de suivi étaient prévues dans le courant de l'été, mais si j'étais prêt pour le 30, j'augmenterais considérablement mes chances d'être parmi les partants.

Au fond, avoir aperçu Colson à la tour Fahrenheit était peut-être une aubaine. Je n'en parlerais à personne. En douce, car moi aussi j'étais cachottier, j'accélérerais mes démarches de façon à coiffer les autres au poteau et ne pas me faire coincer par le *numerus clausus*, car en cas d'affluence à la sortie nous fonctionnerions sur le mode « premier arrivé, premier servi ».

*

Vers le 11 juin, alors que j'attendais toujours, nerveux, que Martineau me renvoie mon dossier rempli par ses soins (Que fout-il, bon Dieu ? Déjà une semaine…

Dois-je le relancer ? Non, patience...), vers le 11, donc, un incident s'est produit, qui a fait souffler un petit vent d'inquiétude dans la rédaction. Clémence, qui, habile et rapide, venait de boucler son dossier de candidature, avait obtenu un « avis favorable », mais sans les réserves d'usage ; or elle n'avait aucune embauche en vue et était encore loin, bien loin de l'âge de départ à la retraite et n'avait pas la moindre intention de créer une entreprise. Lorsque, dans un cas comme celui-ci, l'anxiété m'envahit, je veux tirer les choses au clair tout de suite, aussi suis-je allé lui parler en essayant d'afficher un sourire :

« Tu t'y es prise comment pour échapper aux réserves ?

– Je te jure que je n'ai rien fait ! Aucun dessous-de-table ! (Elle plaisantait, un peu gênée quand même.) J'ignorais totalement qu'ils collaient des réserves à tout le monde, qu'il y avait une règle...

– C'est qui, ton consultant ?

– 3615 Domina.

– C'est bizarre. Le mien m'a juré qu'ils avaient pour consigne de formuler des réserves... »

Sa gêne n'a fait qu'augmenter. Elle avait beau n'y être absolument pour rien, je lui en voulais malgré moi et son intuition féminine le lui faisait sentir.

« Appelle ton consultant et parle-lui de mon cas. Peut-être qu'il pourra corriger le tir, pour toi ?

– Toi, tu as signé, Clémence, ça y est ?

– Oui, on a signé ce matin. »

Au cours des heures suivantes, les conciliabules ont connu une recrudescence très nette. Non seulement l'une d'entre nous était parvenue à une étape critique – elle était la première à avoir signé, préalable à la transmission de son dossier aux ressources humaines –, mais elle s'était débrouillée pour échapper à ces foutues réserves. Elle disposerait d'une avance certaine sur le reste du peloton le jour de la réunion de la commission, si bien que nous étions tous un peu sonnés.

La même initiative a dû germer dans les autres cerveaux alentour. Damien m'a fait suivre un message qu'il venait d'envoyer à son consultant pour protester : de quel droit, comment se fait-il que, et au nom de quoi, etc. Tout y était : l'histoire du « deux poids deux mesures », de l'évaluation à deux vitesses et autres expressions propres à ceux qui se pensent lésés et réclament justice. Je n'ai pas tardé à suivre son exemple, et d'autres m'ont imité.

Après une longue journée de silence, Opportunities a donné signe de vie et reconnu qu'une erreur « s'était glissée lors de l'évaluation d'un dossier » – celui de Clémence. Comme ce dossier avait d'ores et déjà été signé par les parties, il était impossible de revenir dessus, de sorte qu'Opportunities avait décidé d'exonérer les autres dossiers des réserves d'usage.

Nous avons poussé un ouf de soulagement, mais sans doute est-ce Clémence qui s'est sentie le plus libérée par cette décision. Clémence, lointainement parente avec André Corap, qui eut la lourde tâche de diriger la IXe armée en mai 1940, n'était plus le mouton noir. Elle réintégrait le petit troupeau au sein duquel nous redevenions égaux et unis dans l'infortune.

Mais jusqu'à quand ? Car il faut dire que nous étions tous à cran : ceux qui voulaient déguerpir autant que ceux qui restaient mais ignoraient dans quel contexte ils travailleraient à effectifs réduits. Au moindre petit rien, des mots fusaient qui, dans la vive lumière de juin, révélaient des sous-entendus malsains. Certains mots avaient même des éclats menaçants. L'animosité n'était jamais bien loin. Entre nous, des clivages s'accentuaient. La bienveillance avait vécu. Si les derniers mois avaient pu évoquer la drôle de guerre, ce qui se profilait maintenant n'avait plus rien de drôle. La tension montait et un basculement semblait imminent. Comme si, derrière le ramage des passereaux et les bouffées de zéphyr, nous percevions un grondement diffus au loin – le cliquetis de métal, la ligne de basse des chenilles de l'ennemi.

Ainsi, un nouvel incident, considérablement plus sérieux que celui des réserves d'usage, survint à une quinzaine de jours de l'expiration du délai de dépôt des candidatures. Il concernait Marie-Odile, qui était à la fois la crème des femmes et une nature anxieuse.

Dans un accès de sincérité, elle avait confié à plusieurs d'entre nous avoir assuré à Opportunities qu'elle comptait créer sa micro-entreprise dès qu'elle aurait quitté Mondo, ce qui était archifaux : elle n'aspirait qu'à retrouver la paix dans ce monde, soigner son diabète et une dépression latente. Or vouloir créer une micro-entreprise lui permettrait d'obtenir un nombre enviable de points de départage supplémentaires – tout le monde pressentant désormais qu'il y aurait trop de candidats au départ. Qu'elle nous l'ait dit montrait qu'elle était tout sauf une calculatrice et ne pensait pas à mal. Mais Marie-Odile n'était pas une stratège et, ce jour-là, elle aurait mieux fait de la fermer. C'est qu'elle avait la trouille, un besoin incontrôlé de parler. La sale petite peur qui vous tenaille se traduisait d'un individu à un autre par des symptômes très différents, depuis quelques mois. Chez elle, c'était comme ça ; moi, l'envie me prenait plutôt de doubler les doses de médicaments ou de boire ma cave, quand ce n'était pas l'un et l'autre.

La sincérité de Marie-Odile ne lui a pas fait beaucoup d'amis. J'imagine que chacun recomptait ses propres points, notait pour la énième fois qui partait et qui restait, d'après les dernières rumeurs et confidences. Sur le coup, Marie-Odile n'a pas essuyé de critiques. Chacun espérait que ses petits comptes d'apothicaire permettraient de lui pardonner, mais, dès le lendemain, les choses se sont gâtées. Elle a encaissé les premières remarques. Étonnamment, elles ont été le fait de personnes qui lui étaient plutôt proches, dont Besson, Mathieu Besson, qui l'a prise à partie pour lui signifier que si elle ne retirait pas, auprès d'Opportunities, son prétendu projet de micro-entreprise, il s'en plaindrait « à qui de droit ».

Je n'ose avouer qui, quelques minutes après Besson, est intervenu contre Marie-Odile. J'ai été le premier étonné de m'entendre parler, comme si un autre s'était emparé de ma voix et s'exprimait à ma place. Ce doit être ça, « sortir de ses gonds ». Sans la charge de Besson, dont je venais d'être témoin, je n'aurais probablement rien dit car Marie-Odile a toujours été quelqu'un de bien avec moi. Elle m'a rendu service bien des fois. Si bien que j'ai regretté mes mots à l'instant même où je les prononçais. Ils ont jailli sous le coup de l'angoisse. Je me demande parfois si j'étais bien moi-même à ce moment-là. N'était-ce pas une part lâche et sombre de moi-même, dont je préférais tout ignorer, qui avait pris la parole, tenaillée par la sale petite peur ? Bref, je lui ai dit que j'étais *assez* d'accord avec ce que lui avait asséné Besson, ajoutant qu'il serait plus *réglo* de jouer sur un pied d'égalité, sans essayer de doubler les collègues... Je le lui ai dit sur un ton déplaisant, coupant, alors que deux ou trois périphrases, un ton calme et un bon vieux sourire auraient fait l'affaire.

Déstabilisée par la virulence des réactions, elle a accusé le coup. Elle ne savait quoi dire ni comment le dire. Ma sortie l'avait sonnée. Moi aussi. Une fois de plus, mon côté soupe au lait avait tout emporté sur son passage et, une fois de plus, je m'en suis voulu. Il était grand temps que tout ça prenne fin.

Peut-être n'aurais-je pas été sur des charbons ardents si Martineau avait donné signe de vie un peu plus tôt. Prends ça comme un exercice de patience et de maîtrise de soi, me disais-je, sans compter que tu es toujours dans les délais, tout va bien... Ne t'affole pas.

Mais si, mais si, je m'affolais. Tout allait, à ceci près que je me faisais un sang d'encre. Des bouffées de colère et d'appréhension me venaient chaque fois que je pensais à Martineau. Que foutait-il ? Martineau m'obsédait. Tant que sa supérieure était en congés, je ne m'étais pas inquiété, mais à l'heure qu'il était elle devait avoir repris et signé mon dossier. Ou bien... Elle était censée rentrer le 14, or nous étions le 18. En toute logique, Martineau aurait dû se manifester depuis un bon moment, au lieu de quoi, rien. Que foutait-il, merde ? Dans mon for intérieur, je le traitais tout à la fois d'emploi fictif, de sous-homme et de nazi, de parasite. Et surtout de sadique : car il me faisait attendre par pur plaisir, c'était évident. Durant ces quatre journées, j'avais consulté mes mails toutes les dix à quinze minutes, où que je sois, au travail, dans le métro, dans la rue, au café pendant que l'ami Barteuil s'absentait aux toilettes, dans la salle d'attente du dentiste Dominici où j'avais rendez-vous pour des névralgies, et puis chez moi, bien sûr, où je rendais la vie impossible à Adèle. Car mes derniers décomptes étaient alarmants. J'avais réparti mes collègues dans trois colonnes : « restent »,

« partent » et « ? ». Mais, en fait, que penser des hésitants et de ceux qui, comme Damien, affectaient de tergiverser ? Rémi Colson, par exemple : depuis que je l'avais surpris chez Opportunities, il n'avait rien laissé filtrer de ses intentions et passait pour « restant » aux yeux de tous... Certains ne partaient pas, c'était un fait acquis. Pascal Laure restait, bien entendu. Jean Réquin avait sauvé sa place.

Mon cœur avait froidi et, qui plus est, je l'avais sali. Désormais, c'était « moi d'abord ! ». Notre « bateau ivre » coulait et j'étais prêt à (presque) tout pour une place dans l'embarcation de sauvetage, dont la capacité maximale était de trente personnes. J'écris « presque » entre parenthèses mais, je le sais, il n'aurait pas fallu grand-chose pour que ce mot s'estompe. Une vue plus précise et plus inquiétante de la situation, par exemple. La brume dans laquelle elle baignait ménageait encore une petite place à l'espoir et à ce mot précieux, « presque ». Quelque part dans l'œuvre de Gide, les occupants d'un canot de sauvetage tailladent au couteau les mains de naufragés qui tentent de monter à bord car, si ceux-ci y parvenaient, le canot, trop lourd, entraînerait tout son monde par le fond. Nous n'en étions pas là, mais en étions-nous vraiment si loin ? Je n'éprouvais plus la moindre parcelle d'amitié ni de bienveillance pour celles et ceux qui allaient et venaient dans l'*open space* en se forçant à sourire. Ils étaient devenus des adversaires potentiels, des gêneurs, Marie-Odile comprise, dont j'appréciais encore la compagnie quelques jours plus tôt. Au fond de moi, j'attendais qu'elle jette l'éponge. Qu'elle renonce à partir. Une de moins à bord de l'embarcation de sauvetage. Ce serait toujours ça de gagné… Je m'en réjouirais. Au fond de vous, les rancœurs macèrent dans une boue fétide.

Sur le front Martineau, rien de nouveau. Opportunities testait ma résistance. Il était responsable d'une soudaine recrudescence de ma consommation vespérale de vodka, sans quoi je ne m'endormais pas. Au matin du 19, j'y ai vu clair en m'éveillant : mon dossier n'était pas solide. Opportunities me faisait lanterner jusqu'à ce que le délai soit passé afin de ne pas avoir à transmettre ma candidature à temps pour la première commission. Si j'étais relégué en deuxième commission, c'en serait fini de mes chances de partir. Deslaurens nous l'avait dit en termes à peine voilés : « Faites tout pour que votre dossier passe à la commission du 30 juin car les premiers arrivés seront les premiers servis. Et si le nombre de trente est atteint ce jour-là, nous n'aurons même pas à nous réunir une seconde fois fin juillet, comme il est prévu. »

Cette évidence nouvelle m'accablait. J'en ai parlé à Adèle, au matin du 19, avant qu'elle ne parte au travail. Elle seule, dans les cas de ce genre, sait éteindre l'incendie et me conseiller sur la conduite à tenir, mais tout ce que je recherchais, c'était son approbation.

« Il ne me recontacte pas… et les jours passent. Ça commence à sentir mauvais mauvais pour mon dossier…

– Et pourquoi ça sentirait mauvais, comme tu dis ? Tu as parfaitement le droit de candidater. Je ne vois pas pour quelle raison il voudrait t'en empêcher. Tu fais travailler ton imagination contre toi, encore une fois.

– Adèle, quelque chose coince et je ne sais pas où. Mon dossier ne doit pas tenir la route.

– Mais comment tu peux dire ça ? Tu as tout fait comme il faut, ton service va être supprimé et donc tu es en première ligne, et puis tu t'es trouvé une formation... Appelle-le donc ! C'est sans doute une négligence ou un contretemps de leur part, chez Opportunities. Tu ne l'as pas relancé ?

– Non, je ne l'ai pas fait. J'ai voulu tenir, attendre que Martineau me téléphone, comme il devait le faire.

– Franchement, c'est de la fierté mal placée, là... Il est pas un peu fier sur les bords, mon petit Aurélien ? Et pourquoi ton dossier ne serait pas solide ? Le plus simple, c'est que tu tires les choses au clair avec lui, c'est tout. »

J'ai cessé de lui répondre. Je me sentais irritable et notre première discussion de la journée aurait risqué de tourner au vinaigre. Elle cherchait à m'aider et mon obstination repoussait ses arguments comme s'ils émanaient d'un ennemi. Fier, moi ? Bien sûr qu'elle avait raison, ce qui m'agaçait singulièrement. Qui plus est, mon raisonnement ne tenait peut-être pas la route. C'était la peur qui réfléchissait en moi, pas mon cerveau. « Vous êtes sujet à des attaques de panique, m'avait déclaré le docteur Barraud, quelques semaines plus tôt. L'effet d'un stress intense. Votre travail n'est pas de tout repos et vos horaires décalés, perpétuellement changeants, vous plongent dans ce genre d'état. Et aussi l'incertitude dans laquelle on vous maintient, là, avec ce plan social... » Il n'avait pas tout à fait tort, Barraud, j'étais à bout.

Une fois Adèle partie, j'ai pris le taureau par les cornes et appelé Martineau, qui m'avait donné sa ligne directe. Que faire s'il ne répondait pas ? Ou s'il bottait en touche en prétextant qu'il était en rendez-vous ? Tenter de joindre sa supérieure, cette Saulnier dont je n'avais pas le numéro ? Aller faire le pied de grue au pied de la tour Fahrenheit, y entamer une grève de la faim si besoin ? Mon imagination produisait à la pelle des scénarios plus déplaisants les uns que les autres. Comme celui-ci : Martineau n'aurait-il pas avancé ses vacances en Arménie sans me prévenir ?

Ce que je craignais le plus s'est produit : le téléphone a sonné dans le vide. Il était neuf heures trente-huit. Peut-être le gus n'était-il pas encore arrivé au bureau et discutait-il avec des collègues, dans les couloirs. Peut-être venait-il seulement d'être craché par l'énorme bouche du RER ou peut-être prenait-il un café au comptoir du Mondo Trotter Restaurant Café. Donnons-lui un peu de temps... J'ai écouté la Ballade n° 4 de Chopin (10′48″ dans la version de Wolfram Schmitt-Leonardy), qui a toujours la faculté de m'apaiser, et je me suis dit que, une fois celle-ci terminée, je rappellerais.

J'ai patienté jusqu'à dix heures en buvant – mais en me limitant à deux petits verres de Kavalan, un whisky taïwanais, de sorte que mon élocution n'en pâtisse pas.

Que fabriquait-il ? S'il était en vacances, son poste aurait basculé sur le standard, ou bien je serais tombé sur un message demandant de rappeler aux calendes grecques.

Il me restait encore un quart d'heure avant de devoir aller au bureau. Après douze minutes d'attente, j'ai refait le numéro.

On a décroché à la troisième sonnerie :

« Monsieur Babel. J'allais justement vous recontacter. Votre dossier est prêt. Oui, Mme Saulnier l'a signé la semaine dernière. Quand pourrions-nous nous revoir pour tout finaliser ? »

*

Depuis l'incident, Marie-Odile n'en menait pas large. Nous lui trouvions un air soucieux – mais n'étions-nous pas nous-mêmes dans le même état ? Elle avait averti Opportunities que non, finalement, elle ne créerait pas de micro-entreprise. Ce qu'elle ferait ? Elle ne le savait pas. Elle vivrait. Elle se reposerait. Elle ferait davantage de marche, pour tenir en respect son diabète et remonter son moral. *Inch Allah.*

Malgré une certaine élasticité du temps, la date de la première commission finissait par approcher. Cela n'allait pas sans mal car, plus elle approchait, plus l'atmosphère devenait électrique. Il y avait de l'orage dans l'air depuis l'incident, et je n'étais pas le seul à être à cran. Au cours de la dernière décade de juin, Stéphane Georges, dont je n'ai pas touché un mot jusqu'à présent car il n'y avait pas grand-chose à en dire, est devenu franchement incontrôlable. Stéphane était mon collègue de service depuis cinq ou six ans et j'appréciais son recul et son humour, sa serviabilité, mais il arrivait des situations où l'on se demandait quelle mouche l'avait piqué. Dès le mois de mars, avec le sens de la poésie qui le caractérisait, il n'avait pas caché qu'il ne comptait « pas faire de vieux os dans ce foutoir de m… », qu'il prendrait « [s]on fric » et se « tirerai[t] de là vite fait ». Depuis lors, il restait singulièrement taiseux, comme si, mentalement, il était déjà loin de nous. D'ordinaire, j'aimais son franc-parler, qui pouvait se révéler décapant et surprenait dans une entreprise aseptisée comme la nôtre. J'avais un faible pour son caractère fréquemment sismique. Enfin un être imprévisible dans cette rédaction où chacun réglait ses mots au millimètre près. Avec son côté éléphant dans un magasin de porcelaine, Stéphane provoquait des haussements de sourcils chez les plus serviles d'entre nous. Ses éruptions verbales tranchaient avec la retenue et l'équanimité tout anglo-saxonnes dans lesquelles baignait notre rédaction, retenue et équanimité qui apportaient à celle-ci ce qu'une climatisation réglée à température constante et une lumière douce confèrent aux couloirs moquettés des grands hôtels : un côté feutré d'enclave pour *happy fews*, à l'écart de la vie. À certains moments, la maîtrise de sa personne lui échappait plus ou moins, ce qui a justement été le cas à la fin juin. Stéphane s'est mis à bombarder de but en blanc l'ensemble du personnel de longs courriels pour contester plusieurs décisions déjà entérinées, au premier rang desquelles l'instauration des critères de départage, sans parler du chiffre intangible de trente suppressions de postes. Il en appelait à nous tous, suggérant que nous le rejoignions dans la contestation des clauses de l'accord, et posait des questions en forme d'ultimatum aux délégués syndicaux, les sommant de revoir leur copie au plus vite car, faisait-il remarquer, le temps pressait et nous allions nous faire « empapaouter grave, si rien ne change[ait] ».

Je n'étais donc manifestement pas le seul à céder à des attaques de panique.

Comme il fallait s'y attendre, l'ami Stéphane n'a obtenu aucune réponse, sans doute parce que, dans cette période tendue, chacun évitait de laisser derrière lui la moindre trace écrite. L'inanité de ses interventions a dû l'exaspérer. Probablement a-t-il éprouvé alors un profond sentiment d'impuissance et de solitude, qui lui a valu de faire un « coup de calcaire » dont les conséquences auraient pu être fâcheuses. Dans l'après-midi du 23, précisément à quinze heures quarante-deux, Molinié s'est arrêté à proximité de nos postes de travail pour échanger quelques paroles badines avec Jérôme Bouffet, paroles sans importance puisque à portée de nos oreilles, mais leur frivolité, rapportée au contexte explosif des dernières semaines, a vivement déplu à Stéphane. La vue de ces deux personnages a dû lui paraître insupportable, comme s'ils étaient venus le narguer personnellement, et une digue a cédé, libérant tout ce qu'elle retenait. Il faut dire que l'attitude de Bouffet, ces derniers temps, nous hérissait. Après avoir fait alliance avec le janissaire, il s'était certainement assuré un poste de responsabilité dans la future structure et ne cachait désormais ni son désir de rester ni son souhait de participer activement à la réorganisation.

Il faut dire aussi que Molinié avait le don de nous exaspérer, avec ses chaussures vernies en cuir noir, son costume trois-pièces tiré à quatre épingles et sa tête à claques de major de l'ENA. Il n'avait guère plus de trente ans, dont seulement deux chez nous, et les vieux briscards de la rédaction s'offusquaient de voir un foutriquet comme lui tenir leur carrière entre ses mains. Toujours est-il que Stéphane s'est mis à soliloquer d'une voix particulièrement sonore, comme s'il était au téléphone avec un interlocuteur à Wallis-et-Futuna qui n'entendait rien. Il parlait sur un ton emporté, sans que l'on sache après qui il en avait car tout y passait : les clauses de l'accord, le système néo-libéral, les nantis, Seattle. Parce qu'il déroulait sa colère en fixant des yeux son écran, il m'a rappelé Barteuil et ses philippiques inarrêtables, durant lesquelles il prenait à témoin le mur d'en face.

Chacun a fait mine de ne rien remarquer et de s'absorber dans son travail. Quelques haussements de sourcils chez mes deux collègues présents dans le service, et c'est tout. Bientôt, pourtant, Cédric Langlois a esquissé un sourire de connivence à mon intention, du genre : Ça y est, il pète une durite !, à quoi j'ai répondu par un sourire du même tabac, en veillant à ce que Stéphane ne me voie pas, car ç'aurait été le bouquet. Christophe Noguès, de son côté, cherchait à le raisonner en lui signalant des yeux la présence de Bouffet et de Molinié, comme si l'autre ne les avait pas remarqués. Dans le débit haché mais soutenu de Stéphane, il était à nouveau question de se faire « empapaouter grave » si on laissait agir certains, dont il tairait ici les noms ; on n'allait pas lui faire le coup, à lui, il ne resterait pas « pris en otage » dans cette boîte, il aurait recours aux prud'hommes, à toutes les juridictions qui voudraient bien entendre l'affaire et il avait le bras long, *s'il voulait* ; en aucun cas on ne l'empêcherait de se « barrer ». À quelques mètres de l'irascible, Bouffet souriait du coin des lèvres tout en essayant d'écouter Molinié, lequel s'est mis à parler un ton plus haut. Insensiblement, ils ont fait quelques pas pour s'éloigner, leur gobelet de café à la main. Leur vie était belle et leur ton badin pendant que Stéphane écumait. Ils niaient tant et si bien sa colère que j'ai été à deux doigts d'abonder dans son sens et de souffler sur les braises, mais les deux mâles alpha, poursuivant leur déambulation d'un pas tranquille et devisant comme si de rien n'était, avaient déjà pris le large.

Aussi soudainement qu'il était entré en éruption, l'ami Stéphane est retombé dans son mutisme antérieur, se concentrant de nouveau sur son écran. Comme par enchantement, ses traits avaient perdu toute crispation.

*

Le 24, à dix heures quarante-cinq, je signais dans le bureau de Martineau, qui me promettait de transmettre le dossier dans les heures suivantes. « Vous passerez sans problème à la première commission, n'ayez aucune crainte. Nous sommes dans les temps. » Sa voix ne trahissait aucune hésitation. Nous y étions, donc... En attendant l'ascenseur, je lui ai souhaité un bel été en Arménie et il m'a demandé si j'avais prévu quelque chose, de mon côté ; non, je n'avais rien prévu sinon du repos, « vous comprenez, après tous ces mois ». Il comprenait. Et puis je devrais enchaîner avec Transferendum, quoi qu'il en soit.

J'ai quitté la tour Fahrenheit d'un pas léger, et j'ai pris le temps de marcher jusqu'à la Seine pour regarder les péniches. Soudain, j'avais le temps. Léger, oui, j'étais léger comme jamais depuis novembre et les annonces de Seattle. Peut-être les gratte-ciel de là-bas ressemblaient-ils aux tours de la Défense ? Quelques heures plus tard, Martineau me confirmait par un courriel la bonne réception de mon dossier par la DRH de Mondo.

Le lendemain matin, Marie-Odile annonçait que, après avoir tergiversé, elle renonçait à partir. Elle disait avoir fait et refait ses comptes, elle était trop juste, financièrement, et puis elle était encore jeune, c'était risqué. Était-ce la véritable raison ? J'avais lieu d'en douter et, devant son air désolé, je me répétais les mots secs que j'avais osé lui dire, dans le sillage de Besson. J'aurais aimé remonter le temps et procéder à une coupe, supprimer ma phrase de trop. Dans quelle mesure mes mots – nos mots, à Besson et à moi – avaient-ils pesé dans la balance ? Oui, un air désolé, comme celui du prisonnier malade qui renonce à s'évader pour ne pas handicaper les autres dans leur fuite. Mais enfin, tout en éveillant mes remords, sa décision m'a apaisé. Je pouvais barrer un nom dans la colonne des « partants ».

VI

Au bout du compte, le 30 juin a fini par arriver.

Je ne travaillais pas. Les derniers jours, aucun incident n'avait émaillé le train-train de la rédaction. Non pas que la tension fût retombée, mais les dés avaient été jetés et chacun attendait maintenant le verdict, sur le qui-vive. Et le 30, j'ai tenté de tuer le temps et de vivre le plus normalement possible les heures qui me séparaient des annonces de la commission, dont la réunion ne se terminerait pas avant le milieu ou la fin de l'après-midi. Celui qui conduit un bolide a toujours la possibilité d'écraser le champignon pour arriver plus vite à destination. Mais, ce jour-là, tuer le temps ressemblait plutôt à l'ascension d'un col de première catégorie. Mon esprit tricotait les mêmes pensées, une maille par-dessus, une maille par-dessous, et le temps ne passait qu'avec beaucoup de difficulté. Je refaisais pour la énième fois le décompte des partants potentiels. Tout dépendrait de la marge d'incertitude. Y aurait-il une vague importante de candidatures ? Devais-je inclure ceux qui avaient successivement fait courir le bruit qu'ils restaient, puis qu'ils envisageaient de partir, puis qu'ils renonçaient ? Et ceux qui passaient pour de véritables indécis, dans quelle colonne les ranger ? Étaient-ce d'excellents simulateurs ou hésitaient-ils pour de vrai ? Quels que soient les critères retenus, j'aboutissais toujours à un total supérieur à trente. Et je n'en finissais pas de compter et de recompter les points de départage qui décideraient du sort des uns et des autres. Qu'on en finisse, vite, merde !, qu'on en finisse...

Je n'avais presque pas dormi les deux nuits précédentes. Incapable de me concentrer sur un livre, j'ai allumé la télévision. Regarder le petit écran revient à boire de l'eau du Léthé : cela vous plonge dans un état d'amnésie temporaire et c'était ce dont j'avais besoin. Tandis que je sautais d'une chaîne à une autre, un documentaire a capté mon attention. Il avait été tourné dans une zone de Sibérie dont j'ignorais le nom jusqu'à ce jour : Yamal. La péninsule de Yamal. Le cameraman avait filmé d'un hélicoptère. La toundra n'était plus plate comme auparavant, et c'était ce qui intriguait. Quelque chose la soulevait. Tous les quarante à cinquante mètres avait poussé une bosse. Tout à coup, ces taupinières géantes ont eu la vertu de chasser Mondo de mes pensées. Il se passait quelque chose, *là-bas*. « Nous assistons, commentait une voix *off*, à un phénomène qui ne s'est pas produit depuis la nuit des temps. En raison d'une canicule d'une intensité exceptionnelle en ce début d'été, le sol gelé en profondeur, le pergélisol, se met à fondre. Les résidus de matières organiques qu'il retenait depuis des millénaires fermentent, ce qui engendre un gaz, lequel s'accumule sous la couche superficielle du sol, d'où ces bosses... Lorsque ces poches crèveront, ajoutait le commentateur sur un ton grave, du méthane se répandra dans l'atmosphère et ce gaz, vingt-cinq fois plus puissant que le CO_2 en termes d'effet de serre, accélérera le réchauffement climatique dans des proportions imprévisibles. »

La chambre froide de la planète risquait d'en devenir la chaudière. Le constat en voix *off* était glaçant, si je puis dire, d'autant plus que l'éclatement des poches gazeuses et le dégel de matières organiques réactiveraient des virus ou des bactéries congelés depuis la préhistoire. Ces spectres microscopiques et antédiluviens reviendraient semer la mort chez les vivants comme cela s'était déjà passé dans la région de Iamalo-Nénétsie, où un garçon avait succombé à l'anthrax – la maladie du charbon. Des dizaines d'autres personnes avaient été hospitalisées, les rennes avaient péri par milliers. S'il venait à fondre, le sol sibérien libérerait tous les maux possibles. L'homme ouvrait une nouvelle boîte de Pandore. On parlait de « bombe sanitaire ».

En attendant le résultat de la commission, j'ai eu en tête toute la journée les images de la toundra ondulée. La Sibérie prise de flatulences se couvrait de cloques.

Les auteurs du documentaire avaient montré une piste d'aérodrome rendue inutilisable par une constellation de bosses. Lorsqu'elles explosaient, des cratères apparaissaient. Ils se gorgeaient d'eau et ensuite ces mares coupaient des routes, inondaient des maisons.

Sans que je m'en rende compte, mon esprit est parti à la dérive et je nous ai vus, les trente appelés à quitter Mondo, comme trente mottes sibériennes en passe d'éclater. Nous n'étions pas les seuls : les milliers, les dizaines de milliers d'humains jetés chaque mois hors de la Machine répandaient et continueraient de répandre dans l'atmosphère une drôle de petite mort. La Machine nous chassait d'elle comme le sol de Yamal libérait des gaz nocifs et des bactéries. Expulsés de Mondo, nous ne pourrions plus changer les choses de l'intérieur, mais l'avions-nous seulement tenté, jusqu'à présent ? Et, si tel était le cas, avions-nous remporté un quelconque succès ? Dans cette grande dérive de mon esprit est apparu le visage de mon grand-père, engagé dans les maquis de Corrèze en 44. Et toi, m'interrogeait-il à travers le temps, que fais-tu ? Moi ? Oui, toi, le petit Aurélien que j'allais chercher à la sortie de l'école primaire : en quoi agis-tu concrètement contre cette Machine que tu voues tout le temps aux gémonies ? Il me souriait, sans vraiment m'adresser de reproche. Son sourire et ses yeux plissés m'apaisaient. Ils me redonnaient confiance dans le présent, et aussi dans l'avenir, au point qu'une question m'est venue : comment pourrais-je prendre le maquis à mon tour, à ma façon ? *Et toi, que fais-tu ?* Ne pourrais-je pas délaisser un temps mes rimes pour passer à la prose et témoigner de ce que la Machine et les nantis de Seattle infligeaient aux femmes et aux hommes de mon époque ? Dire. Seulement dire. Prendre date. Aujourd'hui, dans mon pays, dire n'exigeait pas le centième du courage qu'il avait fallu en 44. Le sourire et les yeux plissés de l'aïeul avaient un petit quelque chose d'ironique, comme s'il pensait dans son for intérieur : Quelle période ils vivent, tout de même… Il ne leur coûte rien de s'opposer, mais ils ne s'opposent plus. Ils restent bras ballants, à croire que la peste brune de leur époque ne frappera que le voisin…

C'est à cet instant précis que le téléphone a sonné dans le silence du salon. J'ai reconnu un numéro de la rédaction.

« Aurélien ? »

C'était Deslaurens.

« Oui, Hervé. Alors ?

– Tu pars ! La commission a validé ton dossier.

– Béatitude et félicité ! Merci de me prévenir rapidement. Tout s'est bien passé, donc ?

– Ton dossier était solide, et côté points, ça allait. De justesse, mais c'est passé.

– Ah bon… Et pour les autres, ça allait aussi ?

– Ç'a été la ruée et on ne s'y attendait pas – enfin, pas à ce point… Rémi part. Billotte aussi ; Élise aussi, et plein d'autres. Mais on a dû départager aux points. Ça n'a pas été de gaieté de cœur, tu t'en doutes.

– Et ?...

– Six dossiers recalés.

– Non ! Tu veux dire que six ne peuvent pas partir ?

– C'est ça. Sans compter ceux qui n'avaient pas eu le temps de boucler leur dossier et qui comptaient le déposer pour la deuxième commission... Ça doit faire un total de neuf ou dix.

– Merde... Vous allez pouvoir arranger ça ? La direction peut leur faire une fleur. Trente ou trente-six...

– On est plus près de trente-neuf ou de quarante, en fait. S'il n'y avait qu'un seul dossier en excédent, ou deux, la DRH ferait un geste, mais avec neuf ou dix de trop, impossible. Elle bloque le curseur sur trente suppressions de postes. C'est très coûteux, un départ. Alors, dix de plus, c'est une somme énorme...

– Et vous ?

– Quoi, "nous" ? La mission des syndicats est de préserver l'emploi, pas d'encourager les départs... Tu ne verras jamais un syndicat se battre en faveur de licenciements. On accompagne ceux qui veulent partir, d'accord, mais notre rôle est de sauver les emplois.

– J'entends bien, Hervé... Sur le principe, je suis tout à fait d'accord. Mais les six ou neuf dont tu parles, tu en fais quoi ? Ils ne voulaient absolument pas rester, ils avaient conçu des projets, leur avenir est ailleurs.

Maintenant, comment pourront-ils rester, la direction sachant que leur objectif était de décamper ?

– Je sais. Crois bien que j'aurais préféré ne pas connaître cette situation. Mais que veux-tu qu'on y fasse ? Des règles ont été fixées dans le cadre des négociations. Si on ne les respecte pas, c'est qu'il était inutile de les fixer, non ? De toute façon, on a tâté le terrain : la direction est inflexible.

– On pourrait peut-être la convaincre de fléchir, non ?

– … »

Six et sans doute neuf ou dix. Voilà le ferment qui va tout faire exploser, tout dézinguer… Leur colère, conjuguée à l'indignation des autres… Cette injustice soulèvera une vague de colère et de solidarité, de sorte que nos syndicalistes ne pourront pas en rester là. La direction devra abandonner son intransigeance. J'y croyais dur comme fer lorsque j'ai raccroché.

S'il est une chose que j'ai laissée derrière moi à l'issue de ces mois hors du commun, c'est ma naïveté. Mes derniers restes de naïveté. Qu'attendais-je, là, comme un enfant de chœur ? Une levée en masse ? Une grève illimitée ?

Le 30, ne travaillant pas, je n'ai reçu aucun écho de la rédaction. Je ne pensais qu'à moi. Les six ou neuf recalés attendraient le lendemain… J'ai débouché une bouteille de champagne, le soir, pour la boire avec Adèle, et c'est tout. Nous avons parlé de l'avenir. Émilien est venu aux nouvelles dans la soirée en m'envoyant un texto sobre, bien à sa manière : Alors ? À quoi j'ai répondu par : C'est bon ! On est en train de boire le champagne avec maman. Il m'a appelé dans la foulée et, je dois le reconnaître, il était chaleureux : « Tu verras, c'est ce qui pouvait t'arriver de mieux... » Je venais d'être accepté par sa tribu, le petit peuple des contemplatifs, des sans-ambition. Son enjouement m'a fait du bien car son frère, lui, n'a pas pris de nouvelles. Sans doute n'y a-t-il pas pensé. Il a dû oublier que tout venait de se jouer dans l'après-midi, ou estimé que c'était un élément anecdotique dans la vie de famille. Un déshonneur de plus pour ce père qui n'avait pas « gravi les échelons ».

Le lendemain, un épais silence régnait dans les bureaux. Quelques lamentations et regrets l'ont ponctué pour la forme, au cours de la journée. « Qu'est-ce que tu veux ? C'est la règle qu'on s'était fixée... » Les commentaires ne s'aventuraient guère au-delà. Les recalés ne pipaient mot. Seules les chaînes d'information en continu avaient du bagout dans la salle de rédaction. Les téléviseurs vissés aux cloisons bavardaient entre eux, annonçaient, interviewaient comme si de rien n'était à un mètre cinquante au-dessus de nos têtes embrumées.

J'ignore pourquoi il ne s'est rien passé ce jour-là. Pourquoi aucun des recalés n'a allumé la mèche de la contestation. Je ne me l'explique toujours pas. Faut-il l'imputer à notre propension au mimétisme – j'entends par là une forme d'inertie en vertu de laquelle si les uns ne bougent pas, les autres les imitent ? Derrière son écran, Stéphane était tout à sa cure de mutisme. Depuis que son dossier avait été accepté, il n'adressait plus de mails collectifs. À sa façon, il était déjà parti. Après avoir été hors de lui, il était hors de nous.

Quant à moi, je savourais le fait d'avoir eu de la chance, en évitant de dévoiler trop ostensiblement ma météo intérieure. Foutu barème... Qu'aurais-je fait s'il m'avait manqué des points ? Aurais-je remué ciel et terre ou accepté mon sort ?

Parce qu'ils ne contestaient pas le sort qui leur était réservé, les victimes des critères de départage me dispensaient d'avoir mauvaise conscience. Dans mon for intérieur, je les remerciais même de ne pas protester, et tant pis si, la veille au soir, j'aurais été prêt à me battre pour eux. S'ils renonçaient, c'était leur affaire, après tout. Damien et Élise étaient acceptés. Antoine, non. « J'étais indécis, tu sais bien, m'a-t-il dit ce jour-là. J'avais posé ma candidature, mais, au fond, je craignais de me retrouver libre. Je n'avais aucun projet pour après, et que veux-tu faire à cinquante-trois ans ? On a décidé pour moi. On a décidé que je restais, et, pour mon confort personnel, ce n'est pas si mal. Il vaut mieux que je parte dans quatre ou cinq ans ; je serai plus près de la retraite. »

*

Trois semaines plus tard, un vendredi soir de juillet, c'était fini. Une fois rendus mon badge et l'ordinateur portable, je suis allé saluer les quelques collègues présents. Ceux qui restaient étaient émus, un peu envieux sans doute. Par chance, elle (Aline) était en vacances, point besoin d'échanger des mots creux tous les deux. Un jour, dans ma mémoire, son visage achèverait de s'estomper et il ne me resterait plus d'elle, sur l'étagère aux souvenirs bien rangés, qu'une formule ineffaçable en vertu de laquelle j'avais été « une belle erreur de casting ».

Au rez-de-chaussée, j'ai franchi la porte et je me suis retrouvé dans la chaleur compacte, tassée contre les murs, collée au bitume. J'ai salué Damien qui m'avait raccompagné et je me suis dit que je ne reviendrais plus jamais au bureau. Jusqu'à ce moment-là, je n'avais pas « réalisé ». Avant le coude que dessine la rue Montmartre, je me suis retourné pour jeter un coup d'œil au navire amiral de MondoNews – haute nef haussmannienne où j'avais tiré toutes ces années, au quatrième étage. Tout ce temps passé là-bas, mon Dieu... À l'idée qu'on ne lirait plus la mention « Rédacteur : Aurélien Babel » au bas des articles, j'ai pensé à mes fantômes : les *amis* toxiques avec qui j'avais été amené à rompre, au fil du temps, et les quelques femmes dont il avait fallu s'éloigner un jour. Lorsque je signais « Rédacteur : Aurélien Babel », il arrivait peut-être aux fantômes de taper mon nom sur un moteur de recherche, les jours de désœuvrement, pour voir. Ils repéraient sans mal les empreintes que je laissais chez MondoNews. Ils savaient quand j'avais travaillé et même sur quoi, et ça me chiffonnait de ne pas être tout à fait invisible. Désormais, c'était terminé, ils ne pourraient plus me traquer, et ça me rassurait. Je ne saurais trop dire pourquoi. Je crois que j'ai toujours aimé faire sauter les ponts derrière moi. Oui, couper les ponts avec certains, parce que ça fait trop souffrir de maintenir les liens quand ils vous étouffent. Ça mine. Maintenant que je n'avais plus à laisser ma signature sur le Net, je me sentais léger. J'avais lâché du lest et tiré la chasse sur le passé, en quelque sorte. Je remontais vers le présent, doucement, avec mes pensées et mes projets, comme un essaim de bulles vers la surface. J'étais libre. De l'âge de la maternelle jusqu'à ce jour, j'avais obéi à je ne sais combien d'injonctions et cela venait de prendre fin. Je savourais ce cadeau extravagant de la vie sans oser y croire, avec une pointe de méfiance, tout comme on sait, lorsqu'on est un peu ivre, que la béatitude ne durera pas et qu'il faudra en passer par la gueule de bois.

VII

Pour calculer le montant net de nos primes de départ, les règles étaient loin d'être claires et la DRH s'était déclarée incompétente en la matière : « Nous ferons appel à un cabinet de Seattle qui calculera, le moment venu, votre net. Dans l'immédiat, on ne peut rien vous dire de plus précis. On ne peut que vous communiquer la somme brute. » Chacun d'entre nous y était allé de ses évaluations. Noguès tenait de son beau-frère qu'entre le brut et le net il fallait retrancher quelque chose comme douze à dix-huit pour cent ; et, comme personne n'était en mesure de le contester, nous avions adopté cette fourchette et regardé ce qui restait. Même en retenant l'estimation basse, cela donnait quelque chose de rondelet, net d'impôt qui plus est.

La somme réelle est apparue sur mon compte deux semaines après mon départ et je n'en ai pas cru mes yeux. En temps normal, en payant l'impôt sur le revenu, j'aurais mis pas moins de six ans – soixante-douze mois – pour amasser les deux cent douze mille sept cents euros qui venaient de s'afficher. Je n'avais pas la berlue. N'auraient-ils pas commis une grossière erreur quelque part ? Mes calculs avaient abouti à un total de dix à vingt pour cent inférieur... Ne rien dire et laisser courir ? Peut-être mes propres calculs étaient-ils erronés, après tout. En multipliant ma propre prime par trente, j'aboutissais à une somme comprise entre six et sept millions d'euros, tout ça pour se débarrasser de trente types comme moi... Je n'arrivais pas à y croire. J'ai repensé au lingot de deux cent vingt kilos, sous plexiglas, que j'avais effleuré au musée de l'ancienne mine d'or de Jinguashi, à Taïwan. Ne disait-on pas que le toucher était gage de prospérité, que ça portait chance ? J'avais bien fait de le caresser, ce lingot.

Je ne m'étais jamais trouvé dans une situation de ce genre. Je n'avais jamais reçu d'héritage ni de donation d'une vieille tante. Toujours est-il que, lorsque votre compte bancaire est subitement atteint d'éléphantiasis, vous décrochez sans difficulté un rendez-vous avec votre conseiller en placements.

Nous nous sommes vus le samedi suivant ; Adèle m'accompagnait. Nous ne serions pas trop de deux ignares pour déjouer les pièges qu'on nous tendrait.

Je suis toujours allé voir un banquier à reculons, en espérant jusqu'à la dernière seconde qu'il me pose un lapin ou que l'agence baisse le rideau sous mon nez. Le conseiller qui officiait à la succursale de la rue des Lavandières-Sainte-Opportune changeait tous les ans ou presque, sans doute pour éviter que certains ne retournent l'assassiner après avoir constaté que le cours des actions qu'il avait placées pour eux fondait comme du beurre au soleil. Nous allions découvrir un nouveau lascar, donc, et c'était tant mieux : le précédent nous avait pris pour des touristes un an plus tôt. Avec la somme en excès sur notre compte, nous avions expliqué que nous aimerions faire un placement sûr, qui rapporte un peu plus que le demi pour cent l'an auquel nous étions habitués. Au lieu de présenter plusieurs possibilités et de nous laisser choisir, il avait sorti un plan de sa manche. Il consistait à acheter des parts dans un hôtel qui n'existait pas mais qui, disait-il, allait être construit, et cela nous rapporterait à terme une somme régulière, comme un loyer ; à cela près que, les sept premières années, l'argent serait bloqué. Et si la société immobilière qui édifierait le futur hôtel faisait faillite avant d'achever les travaux, comment récupérer notre mise ? Je n'avais pas osé poser la question car le type parlait sur un ton qui se voulait convaincant, sans laisser le temps de réfléchir, avec l'air d'attendre notre approbation. « Vous m'avez dit vouloir investir vingt mille euros, c'est bien ça ? » Oui, c'était ça. « Nous pouvons vous faire un prêt sur cinq ans à taux réduit, les taux sont très bas aujourd'hui, il faut *vraiment* en profiter… » « Mais nous avons l'argent, avais-je objecté, et précisément, nous souhaitons l'investir… » « Bien sûr, je comprends, mais écoutez, il est beaucoup plus avantageux pour vous, pour des raisons fiscales, d'emprunter la somme... » Adèle et moi avions échangé un regard furtif. Par politesse, nous avions attendu qu'il ait terminé de dérouler sa démonstration. Je m'en étais tiré avec quelques phrases creuses : « Nous allons réfléchir. C'est intéressant... »

Le nouveau m'a semblé un cran au-dessus de son prédécesseur. Aimable, avec ça. Prévenant. Il proposait plusieurs solutions, pesait avec nous le pour et le contre et n'était pas du genre à forcer la main comme le précédent avec son hôtel fantôme. Il s'enquérait de nos intentions et de nos projets à long terme pour trouver la solution la mieux adaptée, disait-il, et j'avais l'impression qu'il écoutait ce que nous lui répondions. « Et un PEA, vous avez un PEA ? » Il a vérifié. « Mais oui, vous l'avez ouvert il y a plus de huit ans, et même s'il est vierge, ça signifie que vous aurez une fiscalité réduite, désormais. Et c'est tout simple, vous pouvez l'abonder vous-même, en vous rendant sur notre site... Vous savez comment ? » Il m'a montré. Une heure plus tard, le cerveau farci d'assurances-vie, d'indices et de taux, nous l'avons quitté avec l'impression de ne pas nous être fait particulièrement gruger.

C'est à cette période que je m'y suis mis, tout seul, sur la base de ses explications. Boursicoter. Acheter à la baisse, suivre les cours dans mon fauteuil... Tout ça était effectivement à ma portée, à la façon d'un jeu vidéo. Les sommes que je plaçais dans telle ou telle valeur n'avaient rien de bien réel. Comme les chiffres inscrits sur les billets de *Monopoly*. Le plus étrange, quand j'y repense, c'est que j'ai sauté le pas sans le moindre état d'âme. Mon jeune alter ego, celui qui me rendait parfois visite la nuit, chez Mondo, aurait affiché un sourire de mépris s'il m'était apparu au moment où je cochais « acheter », « au marché », et confirmais que, oui, j'avais conscience des risques financiers que je prenais. Il m'aurait sans doute regardé de haut, cette fois, et serait sorti de son silence pour me lancer une phrase perfide : « Cela s'applique donc même à toi, pauvre Aurélien, ce qu'on dit : le cœur à gauche, le portefeuille à droite... Tu n'aurais pas fait ça à l'âge que j'ai... » J'aurais riposté : « Toi, c'est facile, tu ne peux pas changer puisque tu es figé dans le temps ! Il ne t'est pas difficile d'être fidèle à toi-même... » Il aurait eu beau jeu de rétorquer, amer : « Et toi, tu vieillis exactement comme tous les autres. Tu glisses à droite en approchant de ta propre fin. Un pied dans la tombe, et l'autre à droite ; le comble, c'est que tu ne t'en rends pas compte... Souviens-toi du jour où tu étais si heureux qu'il t'ait serré la main, ton candidat devenu président... » Il n'aurait pas eu tort. J'étais bel et bien « schizo », le cœur d'un côté et le portefeuille de l'autre, sans trouver à y redire. J'achetais dans le luxe, j'achetais des titres biotechnologiques, des technologiques, sans me poser de questions d'éthique.

Quelles multinationales allais-je soutenir en cliquant sur « acheter », quelles petites mains employaient-elles au fin fond des pays pauvres ? Les valeurs biotechnologiques, étais-je certain qu'elles ne trafiquaient pas le génome humain ou ne fabriquaient pas de la viande artificielle, des graines mutantes, un avenir dans le genre *Soleil vert* ? Oh, *Soylent Green*... Peu m'importait. J'avais jeté une épaisse couverture sur ma conscience pour qu'elle ne voie rien ni ne frissonne. Ce qui m'intéressait, c'était le « graphique avancé », sur lequel le cours de l'action dessinait une montagne en coupe. Je plaçais certaines valeurs dans mes favoris et les suivais au jour le jour, créais des alertes de manière à pouvoir acheter au creux de la vague : je me découvrais un instinct de vautour pour repérer les proies.

Émergeait de l'ombre une part de moi restée tapie jusqu'alors, dont j'ignorais tout. Je découvrais que je savais faire confiance à l'avenir. Je sortais de mes gonds habituels, libérais de sa chrysalide un apprenti sorcier heureux de pouvoir donner des coups de baguette magique. Ce jeu développait ma patience, les jours de baisse, et me procurait un drôle de petit plaisir les jours de hausse.

Avec les scrupules d'un néophyte, je surveillais une mer de chiffres comme le lait sur le feu. Au moins se passait-il quelque chose dans ma vie, puisque, du côté des lettres (mes plaquettes de poésie), l'encéphalogramme demeurait plat. Ma conversion était-elle sans retour ? J'espérais encore, de temps à autre, que le moi ancien reprendrait l'ascendant et exilerait celui que j'étais devenu. Il chasserait les marchands du Temple, clôturerait ce PEA, investirait dans des associations, ferait des dons.

Sauf que la nuit, désormais, je dormais. Je ne recueillais plus, comme une rosée aurorale, cette lucidité pénétrante caractéristique des trois quatre heures du matin, avant que la Machine ne se remette en marche. Aucun ancien moi ne me rendait plus visite avant les lueurs de l'aube.

VIII

Pour entériner la fin des mois de tension et marquer mon retour à l'état sauvage, j'ai organisé une fête, chez nous, avec une douzaine d'amis. Grisé par le champagne, soulagé d'avoir tourné la page, j'étais joyeux. Ce fut une belle soirée. Tout aurait été parfait si je n'avais pas surpris de temps en temps, posés sur les miens, les yeux perçants de Ludivine. Une fois, deux fois, passe. Mais trois, quatre regards appuyés ? Cela ne lui ressemblait guère. Tout avait toujours été clair depuis le temps que nous nous connaissions et ce n'était pas maintenant qu'elle allait avoir le béguin pour moi, en pleine cinquantaine. Non, ses yeux posés sur ma tranquillité et mon insouciance n'étaient pas amoureux. Ils étaient songeurs, intrigués, comme s'ils venaient de découvrir une espèce inconnue de grand singe dans la jungle et l'observaient avec une attention extrême, de crainte de ne jamais le revoir. Cela pouvait-il être le fruit de mon imagination ? Peut-être Ludivine avait-elle des soucis et se sentait-elle en décalage avec l'ambiance de notre petit groupe.

Au moment où chacun enfilait son imperméable et appelait un taxi, j'ai voulu en avoir le cœur net et je l'ai prise à part, car ses yeux, dans lesquels j'avais surpris des reflets glaçants, m'avaient plongé dans un état de malaise et je ne voulais pas conclure la soirée sur une mauvaise impression.

« Quelque chose qui ne va pas, Ludivine ? Tu as passé un bon moment ? Ou bien as-tu quelque chose à me dire ? »

J'avais fait sa connaissance à l'université et notre amitié avait donc bien plus de trente ans. Je l'avais perdue de vue à certains moments de la vie, lorsque, mariée, elle était partie vivre à l'étranger, puis je l'avais retrouvée quand, divorcée, elle avait regagné l'Hexagone. Elle restait égale à elle-même et, à vrai dire, la mine songeuse qu'elle avait eue au cours de la soirée ne m'était pas inconnue. Je la lui avais déjà vue plusieurs fois, par le passé, lorsqu'elle avait eu des reproches à formuler.

De famille protestante, Ludivine, dont la taille menue était rehaussée d'un charmant minois, était la personne la plus droite que je connaisse. Ceux que son caractère entier froissait n'appréciaient guère sa franchise, qui faisait pièce à l'hypocrisie de rigueur dans notre milieu aisé. Longtemps, mon amie avait milité. Militer était pour elle une nécessité aussi impérieuse que, pour moi, faire la sieste après le déjeuner. « Une pure », disait-on avec une pointe d'ambiguïté dans ce qui, de prime abord, pouvait passer pour un éloge. Ludivine avait longtemps milité à l'extrême gauche, dans des syndicats étudiants puis dans des mouvements ultra-minoritaires dont les *mass media* feignaient d'ignorer l'existence. Les derniers temps, elle avait embrassé la cause écologique, tendance « catastrophiste », à la manière de Thibaut Billotte, à peu de chose près – Ludivine n'appartenait pas à la secte des survivalistes, même si elle avait lu des classiques du genre dont elle parlait souvent, *Malevil*, *Ravage* ou *Le Mur invisible*.

« J'ai passé une excellente soirée, Aurélien. Ne fais pas attention à mes silences ! Tu les connais bien, depuis le temps… Nous avons tous bien ri ce soir,

– Oui, mais quand tes silences sont braqués sur moi, j'ai l'impression d'avoir commis les sept péchés capitaux.

– Allons, allons… (Petit rire.) Pas tous les sept, tout de même !

– Combien, alors ? »

(Nouveau rire malicieux, puis cette évaluation :)

« Peut-être un ou deux… Maintenant que tu es un homme libre, qu'est-ce que tu comptes faire ?

– Maintenant ? Me reposer. Écluser ma fatigue psychique. Profiter du temps. Après la folie chez MondoNews, j'ai une furieuse envie de ne plus jamais être compétitif. D'être le plus lent possible. D'être inefficace et de regarder les mouches voler. J'ai des envies de Bhoutan.

– On regarde les mouches voler, au Bhoutan ?

– Tu vois ce que je veux dire. Je n'en pouvais plus. Tu sais ce que dit Frédéric Bockenheim, le sociologue ? "L'Occident est malade. Il tente de se guérir en ingurgitant l'Asie à petites doses." Des stages de zen, de yoga, des cures d'ayurveda, etc. Méditation à tous les étages ! Pour moi, la tranquillité suffira.

– Tu as raison. Et avec le magot dont tu as dévoilé le montant, tout à l'heure, tu aurais tort de

– Ah, c'était ça...

– Quoi ?... Mais non, pas du tout : je suis heureuse pour toi, tu sais bien. Tu me connais, je suis capable de laisser mes idées au vestiaire quand je vais chez des amis.

– Moi aussi je suis heureux pour moi. Même s'il aurait été préférable de ne pas en arriver là. Une grève dure, des AG... J'en ai rêvé, tu sais ? J'ai pressenti le désastre, sans réagir. Comment tu expliques ça ? J'étais hypnotisé. Somnambule. Nous aurions pu nous mobiliser et faire front. J'étais comme dans un de ces cauchemars où tu es incapable de bouger, ou même de crier, face à un danger. Tu veux hurler mais pas un son ne sort. Ah ! si tu avais été parmi nous, chez Mondo...

– J'aurais fait mon petit numéro avec ma grande gueule, c'est ça ? La Pasionaria au pays des bobos ? »

Cette fois, c'était moi qui riais de bon cœur, puisqu'elle plaisantait à son tour.

« Non, ça n'aurait pas marché, même avec trois ou quatre pasionarias, a-t-elle repris, sur un ton plus grave.

– Tu crois ?

– Bien sûr ! Tu l'as dit toi-même.

– Qu'est-ce que j'ai dit ?

– Deux cent douze mille.

– Mes deux cent douze mille euros de prime de départ ? Et alors ?

– Ils t'ont acheté, Aurélien. Ils vous ont achetés. Vous n'êtes ni les premiers ni les derniers dans ce cas. Tu invoquais la Bible tout à l'heure, avec les sept péchés capitaux… Nous voici aux trente deniers. Le cours de la pièce d'argent a bien grimpé depuis l'époque de Judas, non ? On l'a indexé sur le cours du silence. Et le silence est d'or. Et ensuite tu te demandes pourquoi la classe moyenne n'est plus capable de lever le petit doigt pour dire "non" ? Parce qu'elle ne s'oppose pas au Moloch. Il a de beaux jours devant lui, aujourd'hui. Encore une allusion biblique, tu vois, de la part d'une mécréante de gauchiste… Souviens-toi de Moloch, la divinité qui exigeait le sacrifice d'enfants dans les flammes. Aujourd'hui, notre Moloch à nous impose le sacrifice de salariés. Un peu partout, il demande qu'on en jette dans les flammes. Certaines de ses victimes s'y jettent d'elles-mêmes, d'ailleurs, séduites par les trente pièces d'argent. »

Elle a soupiré, comme si elle en avait assez de se battre.

« C'est un étrange Jardin d'Acclimatation dans lequel on nous fait vivre, tu ne trouves pas ? Vivre et aimer notre servitude. Et dire que ça marche... L'homme d'aujourd'hui est un tube digestif abonné à Netflix. »

Tandis qu'elle enfilait son manteau, Ludivine m'a gratifié d'un clin d'œil dont j'ai aisément saisi le sens : On est amis, mais je ne suis pas dupe. Je ne suis pas dupe, mais on reste amis.

Maintenant, quand je repense à Ludivine et à ses regards ce soir-là, je songe à Victor Hugo et à l'œil dans la tombe qui regardait Caïn. Et cet œil, « tout grand ouvert dans les ténèbres », cet œil ne me quitte pas.

Sur le moment, je n'ai pas épilogué et me suis contenté de sourire d'un air las et résigné, car elle n'avait pas tort, ma petite Louise Michel. Les cambistes auraient beau faire, mes deux cent douze mille euros vaudraient toujours trente deniers sur le marché des changes. Non seulement nous n'avions pas su combattre ensemble, dans les bureaux de Mondo, mais nous nous étions combattus les uns les autres – je ne dirais pas entretués, n'exagérons rien, mais combattus, certainement, parfois. Souvent, je repense à Marie-Odile. Son souvenir s'intercale comme une tache dans mon esprit et voile le soleil qui réchauffe mon existence depuis mon départ. Je repense à elle avec tristesse et remords. Chien dans un jeu de quilles dont elle ignorait les règles. Vouée à perdre, comme nous tous plus ou moins ; mais elle, plutôt plus que moins.

Nous n'avions pas su, et encore moins voulu combattre ensemble le Moloch dont parlait Ludivine. Peut-être était-ce ça, la figure mythique que nous avions cherché à mettre au jour, Barteuil et moi, à la terrasse d'un café : l'homme de la classe moyenne qui, aujourd'hui, abdique toute liberté et ne sait dire non. Cet homme tient pourtant le flambeau de la civilisation. Il a fait des études et occupe des fonctions où l'esprit, la réflexion jouent un rôle prépondérant. Il lit, il réfléchit, il s'informe ; et cependant il refuse d'éclairer le monde en luttant. Il ne fait pas grève. Il conteste si peu. Drôle de Prométhée moderne… *Prométhée enchaîné volontaire* : voilà la tragédie qu'Eschyle écrirait s'il remontait de l'Hadès pour dépeindre notre époque amère.

Cet homme qui ne se pose pas en s'opposant et qui louvoie, c'est moi. Moi qui, parce que les autres la ferment, ne dis mot et consens, moi qui imite le troupeau, lequel m'imite, et vice versa. Moi qui empoche le magot et boursicote, prends la vie du bon côté pendant que la civilisation s'enraye.

Voilà qui je suis, maintenant que je me suis présenté au long de ces pages. Et cependant, comme je l'ai recommandé au commencement de cette histoire, ne cherchez pas à me donner un visage. Non pas que je veuille me soustraire à quoi que ce soit ou que je n'existe pas ; mais en m'assignant une identité, vous en découvririez une foule. Je suis Aurélien Babel, certes, mais pas seulement. À ma façon je suis la foule. Cela peut paraître emphatique, dit comme ça, mais il y a du vrai. Je suis une part de la foule, cette part qui, dans ces années 2010, a formé sans doute la première génération à avoir autant peur en temps de paix. Non pas peur que la guerre éclate, ce n'est pas ça… Peur de la paix. La paix comme offensive *soft* pour chasser l'humain du monde qu'il a engendré. Et si cette foule-là a autant peur de la paix, je devine pourquoi, à présent que les choses ont eu lieu et que chacun quitte la scène : la foule a perdu le sens du combat. Elle s'est résignée. Or les tyrans ne sont puissants que parce que nous consentons à vivre à genoux, explique La Boétie. L'homme de la Renaissance acceptait sa servitude parce que tel était l'état dans lequel il avait grandi. Mais les choses ont changé depuis lors. L'homme de la classe moyenne naît libre et n'a pas la servitude pour coutume. Sa servitude, il la choisit. C'est qu'il espère. C'est qu'il a des biens. Il entend ne pas les perdre, il compte même en accroître l'étendue, pour ressembler un jour aux nantis de la classe d'au-dessus. Non seulement notre homme accepte le pouvoir, compose, mais il dédaigne la liberté. Il s'en méfie, alors que les dominants, il les connaît bien, pour les servir.

J'ai revu Barteuil, après tout ça, et je lui ai annoncé que moi aussi je mettais ma création poétique en veilleuse, maintenant que je vivais hors de toute contrainte.

La poésie a-t-elle encore des raisons d'être lorsque l'on a atteint la zone libre ? Nous en avons discuté, sans aboutir à une conclusion. C'est toujours comme ça, avec nous. Je ne lui ai pas dit que j'allais passer à la prose pour raconter « tout ça », tenter de me réconcilier avec moi-même et avec le XXIe siècle.

Barteuil a mis mon renoncement sur le compte de la fatigue, mais je lui ai rappelé qu'il nous restait tout de même à inventer un mythe, histoire de tuer le temps lorsque nous prendrions l'apéro au café. Je me suis gardé d'ajouter que, pour dénicher une nouvelle figure mythique, c'était peut-être de mon côté qu'il faudrait chercher. Oui, du côté des types comme moi, les autruches de la classe moyenne... Ceux qui, devant l'approche de la catastrophe, restent les bras croisés. À moins que la nouvelle figure mythique ce ne soit Billotte, le collapsologue ? L'homme mélancolique d'aujourd'hui, qui voit le vivant se défaire de son vivant, par la faute des siens, et doit inventer sa propre survie dans le crépuscule qui s'annonce ?

En attendant, Barteuil n'avait pas tort, pour ma fatigue. J'accusais le coup. Un an à peine s'était écoulé depuis le début de tout ça et c'était un autre Aurélien qui en émergeait. Je ne me reconnaissais pas vraiment. Seattle m'avait usé. Le janissaire m'avait usé. Et puis tous les autres, avec leur passivité qui n'avait d'égale que la mienne. Ils avaient escamoté quelque chose de rare et de précieux. Quelque chose qui m'avait guidé jusqu'alors, je crois. Mon état, désormais, me faisait penser à celui de Germain, « héros » d'un roman qui m'avait beaucoup touché, voire fait mal, les derniers mois, pendant que ça tournait au vinaigre chez Mondo. Il y avait dans ce livre des mots que j'avais retenus : « Saint-Antoine-des-choses-perdues... Il avait perdu quelque chose : le sens de la vie. Ne pouvait-il le lui faire retrouver ? Ou qu'il lui montrât le bout à saisir. Germain n'avait jamais su comment prendre la vie, elle lui échappait des doigts. » C'était ça, et Ludivine avait raison sur toute la ligne. J'avais perdu le sens commun face à Marie-Odile, j'avais perdu le sens de la vie en acceptant leur fric et en boursicotant. J'aurais dû partir la tête haute en refusant leur pactole, mais je n'en avais pas eu la force. Oui, amer, et je me suis dit que, le lendemain, je téléphonerais aux journaux pour passer une annonce commençant comme suit :

Recherche sens de la vie. Forte récompense pour tout renseignement susceptible de...

IX

Quelques jours après mon départ de Mondo, j'ai eu un rendez-vous téléphonique avec celui qui s'est présenté comme mon « référent formation » chez Transferendum. Un certain Arnaud Delamare, qui se voulait décontracté et cordial, avec son accent palois, mais aussi directif. Il était là, disait-il, pour me donner le « top départ ». Cours, mon toutou, cours ! Va ! Attrape le nonosse ! En un quart d'heure, il m'a transmis les consignes nécessaires à la bonne marche de mes cinquante-deux semaines de travail, avant de me demander si j'avais des questions. Il avait un petit côté militaire, Arnaud Delamare, comme s'il avait passé sa vie dans la base-école de parachutistes de sa ville. Je faisais un peu mes classes dans la cour de la caserne, ce jour-là, au fond, et c'était désagréable en ce moment où je croyais avoir enfin renoué avec la liberté.

« J'aurais une question : quand pourrai-je prendre du repos, des congés, durant cette année, quitte à différer la date de fin de ma formation ? »

Il a marqué un silence.

« C'est une formation en continu, comme dans certains cursus de grandes écoles, monsieur Babel... Nous demandons un effort régulier, de l'ordre de huit heures par semaine, ce qui est relativement modeste, vous en conviendrez... En revanche, aucun congé n'est prévu, et votre formation devra prendre fin à la date fixée. Il n'y a pas de report possible. Vous devrez veiller d'autre part à ne pas être en retard dans le calendrier des leçons, et à bien rendre vos devoirs dans les délais impartis. Vous avez bien entendu la possibilité de vous arrêter deux ou trois jours dans la semaine, à votre guise, pourvu que chaque leçon et les devoirs afférents soient terminés à la date prévue. »

Arnaud Delamare avait des mots recherchés, comme « afférent » ou « imparti ». C'est tout un art de poser son autorité et de faire pro en se gargarisant de termes rares. Il avait dû apprendre ça lors d'une formation, lui aussi, et s'exercer à bien détacher les syllabes, comme s'il s'adressait à des attardés. Son histoire de cinquante-deux semaines en continu ne me plaisait pas et j'ai voulu objecter :

« Mais comprenez-moi : je ne suis pas ici dans une grande école, je n'ai plus l'âge d'être étudiant, et, comme les autres, j'imagine, j'ai une famille, des obligations, des parents âgés en province, des enfants, et puis cinquante-sept ans tout de même, je n'ai plus l'énergie de mes vingt ans, je peux avoir des soucis de santé, des phases de fatigue, n'est-ce pas ?

– Certes, mais nous avons des règles, et...

– Vous savez, n'importe qui, ouvrier, caissière ou pilote de ligne, a cinq semaines de congés dans l'année, c'est bien le minimum, non ?

– J'entends bien, monsieur Babel, j'entends bien, *mais c'est ainsi* ; et comme je vous l'ai dit, vous êtes libre de répartir vos huit heures hebdomadaires à votre guise et de vous...

– Il est donc impossible de prendre ne serait-ce qu'une semaine de repos complet durant toute cette année ?

– Vous avez la possibilité de prendre de l'avance. Par exemple, la leçon 03 est prévue pour une durée de quatre semaines. Si vous travaillez davantage et réussissez à tout terminer, devoirs compris, en trois semaines, vous gagnerez huit jours de liberté... »

*

Les identifiants et le mot de passe reçus me donnaient effectivement accès au contenu de la formation, mais où donc se trouvait la leçon 01 ? J'avais beau retourner le site en tous sens, rien. Bien sûr, mes compétences et mon intuition étaient limitées dans tout ce qui touchait à l'informatique et à Internet, cependant je n'avais pas la berlue, aucune leçon 01 n'apparaissait où que je clique, si bien qu'au bout d'une heure de tâtonnements j'ai écrit à la secrétaire du centre de formation, laquelle, trois heures plus tard, s'est excusée en invoquant une banale omission : on avait oublié de m'ouvrir ladite leçon, mais, ajoutait-elle, l'erreur était réparée.

De ce contretemps, il m'est resté une impression vague et à vrai dire plutôt désagréable, qui disparaîtrait puis referait surface au fil des mois suivants. Les premiers temps, je ne comprenais pas ce que cet état de malaise cherchait à me « dire », et puis la brume s'est levée lentement, au fur et à mesure que de petits accrocs de ce genre se reproduisaient : ne se pouvait-il pas que je sois le tout premier à suivre cette formation ? Une sorte de « bêta-testeur » sans le savoir, chargé d'essuyer les plâtres ? Le seul quidam à avoir mordu à l'hameçon et à s'être inscrit ?

La première des cinquante-deux semaines a commencé. Pourquoi imposer une formation longue à un type comme moi, à quatre ans de la retraite ? Franck, du haut de ses soixante ans, était lui aussi tenu d'en suivre une...

En cliquant sur la flèche, j'ai lancé la première vidéo de la leçon 01 et un type en pull à col roulé est apparu dans une fenêtre, que j'ai agrandie en « plein écran ». Le type m'a déplu d'emblée. Le ton onctueux et précieux sur lequel s'exprimait celui qui serait une année durant mon formateur m'inspirait de la répulsion. Sa façon d'articuler les doubles « l » et de détacher lentement les syllabes (prononcer « sylllllllabe ») m'horripilait. Il aurait mérité une bonne paire de mornifles. Pas besoin d'être grand clerc pour comprendre que le gaillard s'écoutait parler. Il se délectait des termes alambiqués qu'il choisissait. Oui, il avait un quelque chose qui ne me revenait pas – quelque chose de torve dans le regard. Une tête d'archevêque onctueux qui ravivait en moi le souvenir de mandarins de l'université où j'avais laborieusement décroché ce qu'on appelait alors une maîtrise. Suspendant la vidéo, j'ai obtenu sur la Toile la confirmation de mes soupçons. Le cuistre officiait comme professeur à l'université de Toulouse, en « ingénierie linguistique ». J'avais affaire à un ingénieur de la langue, à défaut d'un de ces « ingénieurs de l'âme » dont parlait Staline à propos des écrivains...

Ce jour-là, Bonze précieux m'a enseigné à quel point il était vil de parler de « traduction » et combien il était plus judicieux de parler de « transfert ». De la même façon, on ne traduisait (pardon, transférait) pas un « texte » mais un « matériau », si bien qu'au bout du compte j'allais apprendre non pas à traduire des textes mais à transférer des matériaux.

Cela changeait tout. Expliquer ça lui a bien pris une demi-heure. C'est qu'il en avait, des arguments, plein la bouche ; il m'étourdissait de phrases truffées de termes idoines, savamment choisis dans son département d'ingénierie. Et avec ça, l'écran était partagé : d'un côté je suivais les circonlocutions du mandarin, de l'autre ses évidences doctorales étaient reprises sous la forme de tableaux avec petit a, petit 1, grand II et moult puces répertoriant les formules qu'on entendait me visser dans la tête. Grâce à Bonze précieux, j'ai appris qu'il importait de faire le distinguo entre un « traducteur humain » (moi, par exemple) et un « traducteur automatique » (un logiciel). Quant à mon bon vieux dico, j'ai découvert qu'il comptait parmi les « ressources » dans lesquelles je pouvais puiser pour effectuer un « transfert de matériau ». À moins qu'il ne soit un « instrument », ou une « banque documentaire »...

Allons ! Ne vois pas le loup partout, Aurélien Babel. Ne persifle pas pour un rien ! Tout ça ne durera pas, ce n'est qu'une mise en bouche. Une présentation liminaire destinée à exposer les données du problème. Il faut bien s'entendre sur un rudiment de terminologie avant d'entrer ensuite dans le vif du sujet, non ? Patience, donc.

Le lendemain, cependant, la suite des vidéos a infirmé mon pronostic. J'avais péché par optimisme. Les vidéos 2 et 3 étaient du même tonneau que la première. Bonze précieux récidivait. Par moments, le bougre commençait à m'amuser, mais lorsque je le prenais au premier degré, il m'agaçait fortement.

Il m'arrivait d'échanger par mails avec Stéphane Georges, qui avait réussi les tests et commençait lui aussi une formation chez Transferendum, mais pour l'espagnol. Il était plongé dans une grande perplexité. Les noms d'oiseaux fusaient dans ses messages à l'encontre de nos formateurs et référents. D'autant que, par recoupements, nous nous étions aperçus que les vidéos qu'il visionnait et celles que je regardais en soupirant étaient les mêmes. Même bonze, même cours, même charabia... Les vidéos avaient été conçues pour plusieurs langues et la spécificité de la traduction de l'anglais, de l'espagnol ou de l'allemand était totalement gommée. Bonze précieux parlait de traduction en général, peu lui importait la langue.

Je n'avais aucun moyen de griller les étapes. L'accès à une vidéo n'était autorisé que lorsque la précédente avait été complètement visionnée. Impossible de faire un exercice avant d'avoir subi Bonze précieux de A à Z.

Chaque jour, de plus, je devais noter le temps que j'avais consacré à la formation. Je répartissais cette durée dans les deux colonnes de leur formulaire – « matin », « après-midi » – en me demandant si je n'étais pas de retour au cours préparatoire. À la fin du mois, je devrais envoyer cette feuille d'émargement à Pau, au centre de formation. Je ne devais surtout pas oublier de leur expédier par mail un exemplaire scanné. Ils disaient que c'était une obligation, sans quoi je ne pourrais pas accéder aux leçons suivantes. Quelque part au bas d'une feuille, au moment de signer le contrat en vue de cette année de formation, j'avais dû accepter ces conditions. Que faisaient-ils des feuilles d'émargement ? Je me le demande. Peut-être voulaient-ils garder par-devers eux la preuve que j'abattais bien mes quatre cents heures dans l'année, comme il était stipulé dans les statuts. Pour le cas où l'Inspection du travail mettrait son nez dans leurs affaires ? Oui, je me demande où dorment maintenant les feuilles que j'ai envoyées à la fin de chaque mois.

Les quinze premiers jours, j'ai été submergé de travail. Ce n'était pas huit heures hebdomadaires mais vingt à vingt-quatre que je reportais sur la feuille d'émargement. Vidéo après vidéo, le cuistre m'anesthésiait avec ses circonlocutions fumeuses, si théoriques que je n'en retirais rien. J'avais beau me dire que ce n'était qu'une enfilade de lapalissades camouflées sous des termes ronflants, je me sentais mal à l'aise. L'aplomb de Bonze précieux était tel que, régulièrement, je me répétais que je n'étais pas à la hauteur. C'était ma faute si je ne parvenais pas à en extraire des enseignements. Je passais à côté. Des états d'esprit contraires se succédaient en moi : soit je tenais le cuistre pour un charlatan, soit je me fustigeais : C'est toi qui n'es plus capable d'étudier ! Tu rejettes systématiquement tout, toi et ton instinct de supériorité !

Après les vidéos venaient les mises en pratique. Aucune traduction à effectuer, cependant. Je devais synthétiser des textes théoriques, ou bien expliquer comment je m'y prendrais pour « transférer » tel ou tel « matériau », dire quelles « matières premières » je pouvais trouver sur Internet, expliciter la demande d'une entreprise et adapter ma réponse à sa demande, fixer des délais prévisionnels, analyser le « kit de traduction ». Sans oublier d'exposer quel serait mon « projet de traduction », en fonction de « l'unité organique du matériau de la langue-cible ». Qu'avais-je donc fait aux dieux de la Machine ?

Les premiers temps, j'ai eu plusieurs attaques de panique, sûr et certain que je ne tiendrais jamais jusqu'au bout. Un mois ne s'était pas écoulé que je rêvais de tout envoyer balader. J'avais fui un enfer pour m'engouffrer dans un autre. Oui, je m'étais joliment jeté dans la gueule du loup... Mon esprit fatigué n'adhérait pas aux enseignements qu'on me dispensait, qui relevaient de la traductologie. J'aurais aimé apprendre concrètement à traduire, non pas m'infliger cette diarrhée théorique. Je n'arrivais pourtant pas à décider d'arrêter. Je ne voulais pas partir tant que MondoNews ne m'aurait pas remboursé le coût de la formation. Trois mois que j'attendais, alors qu'ils avaient promis de tout régulariser dans les quinze jours. J'ai relancé la DRH, qui a rejeté la faute sur Chandannagar, qu'elle a relancé... Chacun relançait l'autre, et le temps que Chandannagar comprenne ce qui était demandé et donne suite, beaucoup d'eau coulerait sous les ponts du Gange.

La liberté que j'avais cru apercevoir au cours de l'été m'échappait. Dans la canicule d'août, j'avais dû être sujet à un mirage.

Passé cette phase d'accablement, quelque chose de surprenant s'est produit : je me suis pris au jeu. On me plaçait dans une situation absurde – devoir suivre à cinquante-sept ans des études de théorie pure. Qu'à cela ne tienne, je relèverais le défi sans moufter. Une zone assoupie de mon esprit s'était réveillée. J'étais résolu à tenir jusqu'au bout de ces cinquante-deux semaines.

Boire le calice jusqu'à la lie, sans être particulièrement masochiste. Dans les replis reptiliens de mon surmoi s'était réactivé un mot d'ordre qui ne souffrait pas contestation : *Tu dois mériter ta liberté. T'évader, oui, mais « à la sueur de ton front », comme il est dit dans la Bible à propos d'Adam.*

Un autre facteur a dû jouer dans le fait que, au bout du compte, j'ai persévéré.

J'échangeais de temps à autre des nouvelles avec ceux qui étaient restés chez Mondo. Malgré leur capacité à encaisser, Jérôme Blanchard et Bastien Garchery, deux éléments jeunes et brillants de la rédaction, avaient démissionné. Ces deux-là, tout juste entrés dans la trentaine, pouvaient encore espérer retrouver du travail dans notre profession en train de sombrer plus sûrement que Venise. Chez tous les autres, les restants résignés, les congés maladie se multipliaient. Dépressions, *burn out*. La plupart regrettaient d'avoir hésité à partir dans le cadre du plan, lorsque tout avait tourné à la foire d'empoigne. Appréhendant de se retrouver libres, ils avaient laissé passer le train. Certains demandaient à la DRH de leur accorder les mêmes conditions de départ que lors du plan, mais ils se heurtaient à un mur. Désormais, la direction tablait sur des démissions individuelles, considérablement moins coûteuses. Quand la DRH voyait les Garchery et Blanchard prendre le large, elle se frottait les mains. Noguès rêvait de partir, lui qui s'était toujours senti chez lui à Mondo, son *alma mater* où l'esprit d'équipe avait régné un temps. Comment tenait-il ? Avec un sourire blasé, un jour que nous avons bu un café, il m'a dit prendre les choses « par-dessus la jambe », et, venant de lui, si minutieux, amoureux du boulot bien fait, cela sonnait bizarrement.

Et d'entendre tous ces sons de cloche qui évoquaient plutôt le bourdon ou le tocsin, je me suis accroché à la barque Transferendum. J'avais sans doute opté pour le moindre mal, malgré les crises d'urticaire que me donnait Bonze précieux.

*

Régulièrement, dans l'espoir d'obtenir enfin le remboursement de la formation, je relançais MondoNews, qui relançait Chandannagar. On n'allait tout de même pas me les voler, ces sept mille euros, tout finirait par rentrer dans l'ordre un jour ou l'autre, non ? De fait, peu avant Noël, après six mois d'attente, mon compte a été crédité de la somme. Je me suis pourtant abstenu de plaquer Transferendum, que j'avais rebaptisé Transfepensum. Je venais d'abattre près de quatre mois, un tiers, et le reste ne pouvait être pire, d'autant plus que, miracle, on commençait à me donner des textes à traduire. Il avait fallu patienter quatre mois pour que, dans un cycle de formation à la traduction, on me demande de passer des textes d'une langue vers une autre.

Je persévérais. C'est qu'à cette période-là – avant Noël, ou début janvier – j'ai eu d'autres nouvelles de l'intérieur de MondoNews. Ce qui subsistait de la rédaction francophone trimait sous la férule des nouveaux responsables, lesquels, dépassés, n'étaient plus que de molles courroies de transmission entre les rameurs et des supérieurs injoignables, enfermés dans la tour d'ivoire de Seattle. Comment les collègues réussissaient-ils à tenir encore ? Où trouvaient-ils le ressort de se lever pour rejoindre leur poste, matin après matin ? Le salaire – je ne voyais pas d'autre explication. La carotte et la pénurie d'emplois dans la profession. Ils faisaient le gros dos, dans l'espoir que *ça* passe. Les arrivistes baignaient dans leur jus, courant servilement au-devant des nouvelles consignes. Parfois, j'essayais d'imaginer Pascal Laure opposant un « non » à son supérieur et lui administrant publiquement un « coup de boule » pour le mettre à terre. Ce jour-là, les poules auraient des dents en or.

À l'autre bout du continent, Constanța montait en puissance, assumant de plus en plus de tâches dévolues jusqu'alors à Paris, tâches que les petites mains de la mer Noire accomplissaient avec un talent discutable. La promesse d'une transition en douceur qu'on nous avait faite au fil des négociations était restée lettre morte et le bureau parisien était tenu désormais d'une poigne de fer par un Anglo-Saxon qui ne brillait ni par sa bienveillance ni par son humanisme. Ses injonctions contradictoires allaient à l'encontre de toute logique et le travail s'en ressentait.

Dans le dispositif de Transferendum, mon correcteur faisait figure d'anomalie. Sept à huit jours après avoir rendu mes devoirs, je recevais de sa part un courriel m'informant qu'il avait « regardé » mon travail et m'invitant à lire ses commentaires sur la plate-forme. De ce correcteur, je n'aurai connu en tout et pour tout que le prénom désuet, Abel, associé à un patronyme passe-partout : Dumont. Étrangement, cela m'a suffi pour esquisser de lui un portrait précis. Chaque fois que je recevais un message d'Abel Dumont, un homme de taille moyenne apparaissait dans mon esprit. Sexagénaire, mais sans excès, chauve et légèrement couperosé, avec un visage austère et agréable à la fois – peut-être un professeur à la retraite qui améliorait ses revenus en corrigeant des pauvres types comme moi. Quelle que soit la saison, je l'imaginais affublé du même chandail à col roulé ; un chandail roux, ou peut-être marron – je ne sais quelle nuance de couleur l'emportait. Sans doute était-ce le genre d'individu placide qui aime fumer la pipe dans un fauteuil, l'air pensif, en caressant un chat sibérien nommé Oural.

La méticulosité avec laquelle Abel Dumont rédigeait ses commentaires tout comme l'exquise politesse dont il faisait preuve dans nos échanges tranchaient avec la suffisance de Bonze précieux et la froideur de mon référent.

Fin connaisseur de la langue anglaise, Abel Dumont ne ménageait pas ses efforts pour se faire comprendre et entrait toujours dans les détails. Pour cet homme scrupuleux, effort et mérite devaient représenter beaucoup. Il ne pouvait s'empêcher d'aller au fond des choses. En somme, il me dédommageait de Bonze précieux et du cadre scolaire et absurde de cette usine à gaz. Et puis, *last but not least*, il ne manquait jamais de m'encourager, de relever les points forts de mon travail et de minimiser mes faiblesses. Il croyait manifestement à ce qu'il faisait et l'effectuait avec une constance qui forçait le respect. Il croyait aussi à ce que je faisais – sans doute plus que moi – et je me disais parfois qu'il passait plus de temps à corriger mes devoirs que je n'en consacrais à les rédiger, ce qui n'allait pas sans me mettre mal à l'aise, d'autant que je survolais ses annotations sans vraiment m'y attarder, n'ayant pas l'ambition de traduire un jour la langue de Shakespeare.

Il n'est pas exagéré de dire que, d'emblée, une certaine estime réciproque nous a liés. Je l'imaginais à l'autre bout de l'Hexagone, dans une ville du Sud, mais allez savoir : peut-être vivait-il près de Paris, voire dans mon quartier ? Peut-être nous croisions-nous régulièrement dans la rue car, dans le monde réel, il n'était vraisemblablement pas chauve et changeait régulièrement de chandail, si bien que rien ne me permettait de l'identifier dans la foule. Peut-être s'était-il fait lui aussi une représentation mentale de mon aspect, à moins qu'il n'ait découvert sur Internet l'unique photo qui traîne de moi, prise un jour de 2012 au Marché de la Poésie.

Son amour de la langue forçait le respect. Ce vétilleux aimait chipoter sur des points de français qu'on néglige et ses remarques étaient toujours justes. C'était bien ce que j'appréciais le plus chez lui : sa passion de l'exactitude, son souci d'être concret, comme si la langue était un mécanisme horloger qui, parfaitement huilé, pouvait fonctionner à merveille par tous les temps. Il se délectait du français comme un garagiste passe des heures le nez dans un moteur, et les compléments, les signes de ponctuation et la concordance des temps constituaient sa boîte à outils. Si, au bout du compte, j'ai effectué jusqu'au bout ce chemin de croix, peut-être est-ce grâce à lui, car Bonze précieux continuait de semaine en semaine à me gaver de sentences abstruses.

*

Ainsi passèrent cinquante-deux semaines. Certains devoirs, comme les trente-huit pages que j'eus à traduire sur des essieux de train à grande vitesse, me firent regretter d'être né, mais je me disais que, ayant traversé les quatre, cinq ou six premiers mois de cette punition, je ne pouvais plus abandonner en chemin. Le syndrome du premier de la classe me reprenait. J'aurais vécu un renoncement comme une désertion. Parfois, par étrange, on a besoin de se prouver qu'on sait souffrir.

Après l'achèvement de ce pensum, la Commission a siégé et m'a décerné un diplôme que la poste a glissé dans ma boîte aux lettres. Comme il était touchant, ce rectangle de papier à liseré doré ! Transferendum me décernait un diplôme « de niveau 7 », avec la mention « Très bien ». La « certification professionnelle » m'était délivrée en vertu du procès-verbal des délibérations établi quelques jours plus tôt, et le tout venait s'inscrire en noir sur un fond ivoire qu'ornaient de superbes lauriers. Je me suis vraiment demandé, de nouveau, si je n'avais pas été le seul à suivre cette formation.

Deux semaines plus tard, alors que je croyais ne plus jamais avoir affaire à Opportunities, le cabinet de reclassement m'a adressé un questionnaire de satisfaction, en français *et* en anglais, en me priant d'y répondre :

Dear Aurélien, on behalf of the Opportunities team,...

Être invité à évaluer chaque prestation qu'on vous a fournie est décidément une des plaies de l'époque. Opportunities se disait « heureux » de m'avoir accompagné dans la gestion de ma carrière et attendait maintenant mon « retour d'expérience ». Le cabinet n'y allait pas par quatre chemins : il me promettait ni plus ni moins d'en tenir compte. Oui, il en tirerait les leçons et s'engageait même à adopter « les mesures nécessaires ». Ce sondage, de plus, ne me prendrait pas plus de cinq minutes.

Chacune de mes observations devait être convertie en chiffre, sur une échelle allant de 0 à 10, et impossible de les nuancer à l'aide de quelques mots. Impossible de laisser le moindre commentaire. Mes sentiments, mes impressions, mes réflexions devaient être traduits dans la langue des nombres. On me demandait entre autres d'évaluer les personnes avec qui j'avais « échangé » chez Opportunities. Cher monsieur Martineau, quel peut bien avoir été mon « niveau de satisfaction » vous concernant ? Notre rencontre valait-elle 4, ou 6, ou bien 7 ? La question méritait réflexion... Je crois que je lui ai collé une bonne note, pour qu'il puisse dépérir quelques années de plus dans son bureau tout blanc et rêver de « faire » l'Arménie. J'ai oublié quelle a été ma réponse aux autres questions. De quoi pouvaient-ils tenir compte, chez Opportunities, et quelles « mesures nécessaires » prendraient-ils ? Si je répondais par 0 à leurs questions, auraient-ils le cran d'interrompre leurs activités et procéderaient-ils à un suicide collectif, digne des samouraïs ? Allons... Le moment était venu pour eux d'aller tondre la laine sur d'autres dos – les dos voûtés de honte que la Machine expulsait d'elle comme des étrons, et mes réponses finiraient comme statistiques au fond d'un rapport que nul ne lirait. Au sortir de cet exercice, l'idée m'est venue de composer un poème uniquement à base de chiffres, pour sceller la défaite définitive des lettres. Et je me suis mis, par dérision, à noter le comportement d'Adèle, chacun de ses actes, chacune de ses paroles et de ses caresses sans oublier sa cuisine, trop salée, pas assez épicée, en espérant qu'elle en « tiendrait compte » et prendrait « les mesures nécessaires ». Sa tolérance vis-à-vis de ma plaisanterie n'a pas dépassé les vingt-quatre heures – elle a menacé de riposter en m'évaluant à son tour. Et je me suis demandé tristement si, au fond, ce n'était pas ce qui attendait l'amour et l'amitié, annuellement soumis à des évaluations de performances, de sorte que chaque fille noterait sa mère, chaque élève son maître ou bien chaque sœur son frère.

X

L'employée de Pôle emploi venue me chercher dans la salle d'attente où je tuais le temps entre la photocopieuse et la fontaine à eau était une quadragénaire souriante, cordiale et bien roulée, du nom d'Anne-Marie Dombreuil. « Je serai votre conseillère... » Sans même nous connaître nous avons échangé des vœux car c'était de saison, janvier venait de commencer. Le bureau dans lequel elle m'a introduit n'était séparé des autres que par une cloison symbolique qui arrivait à hauteur de poitrine, de sorte qu'on ne pouvait rien manquer des conversations adjacentes. Ma conseillère était vive d'esprit, expérimentée, et la discussion s'est engagée courtoisement dans son bureau blanc qui ressemblait à s'y méprendre à celui de Martineau, *open space* en plus.

Cinq minutes ne s'étaient pas écoulées qu'elle s'est plainte à moi du brouhaha qui gênait notre conversation et de la promiscuité. Chez Mondo, lui ai-je dit je ne sais trop pourquoi, j'en avais bavé moi aussi de l'*open space*. « On entend tout, vous entendez ? Ça devient pas possible... » a soupiré ma conseillère, avec un sourire désolé. J'ai repensé à ce que m'avait dit Barteuil à propos de Pôle emploi : « Ils sont tous suivis par des psys, là-bas. Ils n'en peuvent plus... » Anne-Marie Dombreuil tâchait malgré tout de faire bonne figure pendant que dans le box voisin un demandeur d'emploi exposait son problème d'une voix sonore et empruntée : « J'ai reçu un SMS où on me propose un stage de logistique, alors j'ai tenté de contacter le centre de formation, parce que c'est ça que je cherche, vous savez, la logistique, mais ça répond pas... J'ai bien fait le numéro qui m'ont envoyé, pourtant. Je comprends pas. J'ai réessayé plein de fois, impossible de les avoir... » J'ignore pourquoi, à cet instant-là, j'ai imaginé Napoléon Bonaparte avachi sur un fauteuil de Pôle emploi, quelques jours après Waterloo.

« Quelle expérience professionnelle avez-vous ?

– Empereur, pendant dix onze ans, soupirait l'homme au bicorne sur le ton du type revenu de tout. Et j'ai aussi été consul, avant. *Premier* consul.

– Je vois que vous avez quarante-six ans...

– Quarante-cinq.

– Pardon. Quoi qu'il en soit, il n'est pas trop tard pour envisager un repositionnement sur le marché de l'emploi. J'ai là des formations qui... »

Mme Dombreuil a survolé mon espace personnel sur le site de Pôle emploi et découvert la « carte de visite » que j'avais rédigée, puisque j'y avais été invité. Je l'avais fait sans doute pour jouer au bon élève, à celui qui y croit un tant soit peu. J'avais pris soin de mettre en évidence mon âge, mes cinquante-sept ans rédhibitoires, pour bien dissuader les employeurs de me contacter, et c'est évidemment ce qui lui a sauté aux yeux, à ma Dombreuil :

« Votre âge, monsieur Babel. Il n'est pas indispensable de le mentionner. Je le supprime tout de suite. »

Je n'ai pas moufté, mais je me suis promis de le réintroduire dès que possible sur la « carte de visite ».

« Vous mentionnez votre expérience de journaliste et vous dites un peu plus loin que vous envisagez de travailler dans la traduction désormais…

– Hmm…

– C'est un peu contradictoire, pour celui qui lira ça…

– Ah ?… Peut-être, mais…

– Il faudrait plus de cohérence, je crois. Opter pour l'un ou pour l'autre… Je sens une certaine hésitation, chez vous, depuis tout à l'heure. Je me trompe ?… Il serait bien que vous en parliez avec Mme Duvert.

– Mme Duvert ?

– C'est notre psychologue du travail. Vous verrez, elle est très bien. Une discussion avec elle vous permettra de clarifier vos intentions, de faire des choix dans vos projets de reconversion. Qu'en dites-vous ? Elle est vraiment très bien…

– Oui,,,,, si vous pensez.

– Je l'appelle tout de suite. »

Elle l'a fait sous mes yeux, la rosse. Je l'aurais massacrée. Rendez-vous téléphonique a été pris avec la psychologue Duvert trois semaines plus tard, pour clarifier mes choix de repositionnement sur le marché du travail.

Au moment où je notais la date dans mon calepin, des éclats de voix se sont fait entendre :

« Laisse-moi passer, putain ! »

Cela provenait de l'accueil.

« Vous n'avez pas pris rendez-vous, monsieur !

– Je dois parler à mon conseiller ! C'est urgent.

– Alors prenez rendez-vous sur le site dédié !

– J'en ai rien à secouer de ton site dédié. Ça commence à me faire chier ! Laisse-moi passer, petit con.

– Ne m'insultez pas !

– Je dis c'que j'veux et j't'emmerde ! »

On pouvait déduire des bruits de bousculade que l'individu venait d'être empoigné par des agents et se débattait comme un lion. Les noms d'oiseaux continuaient de fuser mais Mme Dombreuil faisait comme si de rien n'était : *business as usual*. Avait-elle seulement remarqué le tapage ? Ç'aurait été l'occasion d'échanger un petit sourire, un haussement d'épaules en signe de connivence, mais bon. J'ai évité de l'entreprendre sur l'incident car elle m'aurait certainement resservi son « Ça devient pas possible… » qui m'avait fait de la peine pour elle, un peu plus tôt. Au fond, elle était plus à plaindre que moi, car je m'étais échappé du cirque et elle non.

C'est qu'elle en tenait bien encore pour vingt ans, dans ce métier.

Sur le front de l'accueil, les bruits se sont éteints progressivement. L'intempestif avait dû être raccompagné en bas de l'escalier, jusque dans la rue, et je me suis demandé si, une fois calmé, il finirait par prendre rendez-vous sur le « site dédié », bien que, de son propre aveu, cela commençât à le « faire chier ».

« J'aimerais que nous parlions de stages, a attaqué ma conseillère, dont la voix retrouvait un soupçon de vigueur. Pour rédiger, effectuer des recherches sur Internet, réussir l'étape d'un entretien d'embauche... Vous avez certainement des besoins dans ces domaines, j'imagine. Nous avons différentes formules de stages, des formations très bien et, personnellement, je verrais bien... »

Moi non, je ne voyais pas. Et cependant, pris à revers, je devais composer avec l'adversaire.

« Réussir un entretien d'embauche, c'est crucial. J'ai bien envie de vous inscrire à l'un de ces stages. Et puis, comme traducteur, vous allez devoir créer votre micro-entreprise, manier des fichiers Excel, Adobe et toutes ces choses. Pour le reste, j'ai vu votre CV, il y aurait matière à l'améliorer : nous avons pour ça des mini-formations de sept heures. »

Oui, elle avait retrouvé tout son pesant de vigueur. Après m'avoir attendri, amolli, elle devait sentir que j'étais mûr et que je ne résisterais pas longtemps. Elle les connaissait bien, les Aurélien Babel, elle en accueillait chaque jour des nouveaux entre la fontaine à eau et la photocopieuse.

« Pour créer une micro-entreprise, on peut vous apporter des outils d'analyse et de synthèse destinés à caractériser vos desiderata. »

Ben voyons... Aux marchands de formations à la noix de coco, aux petits usuriers de la misère humaine, ma porte n'était donc pas encore totalement fermée. Tel le tintinesque Séraphin Lampion, ils avaient glissé un pied dans l'embrasure. Lorsque l'avalanche Dombreuil aurait cessé de m'ensevelir sous les stages, j'en accepterais deux ou trois, au hasard, pour donner le change...

J'ai cru que ma conseillère allait devenir lyrique, tout à coup :

« Nous avons des formations pour vraiment tous les profils, vous savez ! Hier, j'ai aiguillé un monsieur de votre âge vers les imprimantes 3D, et avant-hier une jeune femme vers Lissage tanin et soins Botox ! Mais vous, c'est la micro-entreprise, n'est-ce pas, notre objectif ? »

Je n'ai pas osé lui répondre qu'à tout prendre, c'était sans doute préférable au Botox. Mais pourquoi donc tant de gens souhaitaient-ils que je crée une entreprise, depuis qu'on m'avait jeté dehors ? Pour les types comme moi, la société avait dressé de belles tentures, des décors de carton-pâte joliment peinturlurés de couleurs vives et de slogans radieux qui parlaient de formations, de perspectives et de résilience ; de repositionnement. Je me dis parfois qu'on n'a jamais autant rebondi qu'à mon époque – les pas de Neil Armstrong à la surface de la Lune, ce n'était rien en regard de nos rebonds de déclassés.

J'en ai accepté trois, des mini-formations de sept à quinze heures. Je n'ai pas pu faire autrement. Ensuite, je les enverrais manger la laine sur le dos d'autres moutons, elle et tous les Martineau, car des moutons il en arrivait des bétaillères entières, jour après jour, il n'y avait qu'à allumer la radio pour écouter la litanie des plans sociaux.

Anne-Marie Dombreuil était-elle dupe ? Je ne crois pas, et d'ailleurs elle m'a raccompagné avec ces mots :

« Je ne vous demanderai pas de venir tous les mois. Je vous laisse me joindre en cas de besoin, au fil de vos recherches. Vous avez mon numéro. N'hésitez pas. »

Je n'hésiterai pas, Mme Dombreuil.

Je suis passé devant le bureau de l'accueil et, tout à mes pensées, j'ai descendu les marches en somnambule. Je ne songeais à rien en particulier ; des idées parasites fendaient mon esprit avant de s'éteindre, un peu comme des étoiles filantes. Je me sentais mieux maintenant que je quittais ces lieux. Et c'est alors que ça s'est produit, à l'instant où j'allais atteindre le rez-de-chaussée. Un type qui venait d'entrer montait l'escalier et, je ne sais pourquoi, mon œil gauche a cru reconnaître sa silhouette. Machinalement, je me suis retourné et j'en suis resté cloué sur place. Était-ce bien lui ? La silhouette disparaissait déjà derrière la grande porte du premier étage, et je ne l'avais vraiment vue que de dos. Pourtant, j'aurais juré que c'était lui : le janissaire, Enguerrand Audet, ici !... Non, ce devait être un type de même stature, qui lui ressemblait. Enguerrand Audet, dans les locaux de Pôle emploi... Aurait-il été, lui aussi... ? Il n'appartenait qu'à moi de monter et de vérifier ; il devait à ce moment se présenter à l'accueil, et, si je me trouvais bel et bien en présence d'Audet, je lui demanderais ce qui s'était passé.

Je ne l'ai pas fait. Mes pas m'ont reconduit dans la rue. Un étage plus haut, d'autres Aurélien Babel tentaient de glaner quelques miettes – stages, petites annonces. Les boyaux essorés par la trouille, ils quémandaient un peu d'horizon, mais leurs conseillers s'interposaient entre leurs rêves et la réalité. Car il n'y avait plus guère de joie en magasin. Ils le savaient bien, mais ne devaient pas le dire. Consciemment ou non, j'avais craint d'être retenu captif de ces bureaux et j'étais rassuré de retrouver le soleil de la mi-journée. Comme il faisait bon marcher sans but, tout à coup, dans la lumière de midi ! L'apparition fantomale du janissaire, s'il s'agissait bien de lui, ne m'avait assombri que l'espace d'un instant et déjà ce nuage s'en allait au loin. J'ai obliqué dans la rue piétonne, où des passants vaquaient à leurs courses. Les boutiques regorgeaient de superflu. Une agence de voyages monnayait de l'insouciance à Djerba et en Casamance, sous le soleil des pauvres. J'ai été à deux doigts d'y entrer, maintenant que mon rendez-vous s'éloignait de moi, petite barque chargée d'images et de sensations qui s'amenuisait en aval, suivant la pente douce du temps. C'était une journée tranquille de début d'année. Aux informations de neuf heures, le présentateur avait eu du mal à trouver quoi dire de la marche du monde. Il avait meublé son flash avec la polémique sur le changement d'heure dans l'Union européenne et une grève dans les transports à Toulouse. Pour terminer, il avait mentionné que dans une ville dont j'ignorais le nom jusqu'à présent, une ville loin d'ici, au centre de la Chine, un vaste marché aux fruits de mer et aux poissons avait été fermé sur ordre des autorités.

Du même auteur

Ismaïl Kadaré, Prométhée porte-feu
José Corti, 1991

Entretiens
avec Ismaïl Kadaré
José Corti, 1991

Dans les laboratoires du pire
Totalitarisme et fiction littéraire au XXe siècle
José Corti, 1993

Le Général Solitude
Le Serpent à plumes, 1995
Stock, 2012
et « Points », n° P784

Le Sanatorium des malades du temps
José Corti, 1996

Je suis le gardien du phare
et autres récits fantastiques
prix des Deux-Magots 1998
José Corti, 1997
et « Points », n° P701

Parij
Le Serpent à plumes, 1997
et Stock, 2012

Le Mystère des trois frontières
Le Serpent à plumes, 1998
Stock, 2012
et « Points », n° P901

Croisière en mer des pluies
prix Unesco-Françoise Gallimard 1999
Stock, 1999
et « J'ai lu », n° 9880

Les Lumières fossiles
José Corti, 2000

Les Cendres de mon avenir
Stock, 2001

Quelques nobles causes
pour rébellions en panne
José Corti, 2002

La Durée d'une vie sans toi
Stock, 2003

Mes trains de nuit
Stock, 2005

Un clown s'est échappé du cirque
José Corti, 2005

Le Syndicat des pauvres types
Stock, 2006
et « Folio », n° 4705

Billet pour le pays doré
Cadex, 2007

Passager de la ligne morte
Circa 1924, 2008

L'Homme sans empreintes
prix François-Billetdoux 2008
Stock, 2008
et « J'ai lu », n° 9683

Nous aurons toujours Paris
Stock, 2009

Quelques nouvelles de l'homme
(illustrations de Laurent Dierick)
José Corti, 2009

Nagasaki
Grand Prix du roman de l'Académie française 2010
Stock, 2010
et « J'ai lu », n° 9675

En descendant les fleuves
Carnets de l'Extrême-Orient russe
(avec Christian Garcin)
Stock, 2011
et « J'ai lu », n° 10538

Devenir immortel, et puis mourir
José Corti, 2012

Somnambule dans Istanbul
Stock, 2013

Malgré Fukushima
Journal japonais
José Corti, 2014

Une si lente absence
(avec Xavier Voirol)
Le Bec en l'air, 2014

Il faut tenter de vivre
Stock, 2015
et « Points », nº P4386

Éclipses japonaises
Seuil, 2016
et « Points », nº P4620

Dans les pas d'Alexandra David-Néel
(avec Christian Garcin)
Stock, 2018
et « Points Aventure », nº P4992

Nouveaux Éléments sur la fin de Narcisse
José Corti, 2019

La Télégraphiste de Chopin
Seuil, 2019
et « Points », nº P5235

Patagonie dernier refuge
(avec Christian Garcin)
Stock, 2021
et « Points Aventure », nº P5537

Le Bureau des jours perdus
« Points Signatures », nº P5307

Fenêtres sur le Japon
Éditions Picquier, 2021

RÉALISATION : NORD COMPO À VILLENEUVE-D'ASCQ
ACHEVÉ D'IMPRIMER SUR ROTO-PAGE
PAR L'IMPRIMERIE FLOCH À MAYENNE
DÉPÔT LÉGAL : JANVIER 2023. N° 147278 (101368)
Imprimé en France